Cathy Williams

Un engaño conveniente

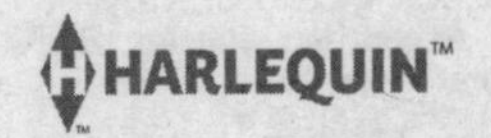

Editado por HARLEQUIN IBÉRICA, S.A.
Núñez de Balboa, 56
28001 Madrid

Un engaño conveniente, n.º 2301 - 9.4.14
Título original: His Temporary Mistress
Publicada originalmente por Mills & Boon®, Ltd., Londres.

I.S.B.N.: 978-84-687-4169-7
Depósito legal: M-2162-2014
Editor responsable: Luis Pugni
Fotomecánica: M.T. Color & Diseño, S.L. Las Rozas (Madrid)
Impresión en Black print CPI (Barcelona)
Fecha impresion para Argentina: 6.10.14
Distribuidor exclusivo para España: LOGISTA
Distribuidor para México: CODIPLYRSA
Distribuidores para Argentina: interior, BERTRAN, S.A.C. Vélez Sársfield, 1950. Cap. Fed./ Buenos Aires y Gran Buenos Aires, VACCARO SÁNCHEZ y Cía, S.A.

A mis tres hijas, Charlotte, Olivia y Emma, y a su continuo apoyo a todos mis proyectos

Capítulo 1

ERAN malas noticias. Las peores posibles. Damien giró la silla de cuero de modo que quedó frente a los ventanales de su despacho, que ofrecían una espectacular vista de Londres.

El tópico de que el dinero no podía comprarlo todo había resultado ser cierto. A su madre le habían diagnosticado cáncer y ni todos sus millones podrían alterar aquel hecho.

No era un hombre acostumbrado a lamentaciones. No servían para nada, y su lema siempre había sido que había una solución para cada problema. Las subidas y las bajadas eran normales en la vida de una persona.

Sin embargo, una serie de lamentaciones le atravesaron ahora con la precisión de un misil guiado. Su madre llevaba más de un año encontrándose mal de salud, y él la había creído cuando le dijo sin mucho convencimiento que sí, que había ido a ver al médico, que no había nada de lo que preocuparse, que los motores de los coches viejos tendían a estropearse.

¿Y si en vez de quedarse en la superficie de aquellas afirmaciones hubiera optado por escarbar un poco más, insistir en llevarla a Londres, donde podrían verla los mejores especialistas, y no los médicos del Devon profundo?

¿Habría logrado así detener en seco al cáncer, y no

tener que conformarse con que el médico le dijera que tenían que esperar a ver si estaba muy extendido?

Sí, su madre estaba ahora por fin en Londres tras muchas complicaciones y mucha ansiedad, pero, ¿y si hubiera ido a Londres antes?

Damien se puso de pie y empezó a recorrer inquieto el suelo del despacho, sin mirar siquiera la magnífica obra de arte que colgaba de la pared y que había costado una pequeña fortuna. Por una vez en su vida, la culpabilidad, que llevaba un tiempo mordisqueándole el borde de la conciencia, surgió con toda su fuerza. Se dirigió al escritorio de su secretaria, le dijo que no le pasara ninguna llamada y se permitió un raro momento de frustrante introspección.

Lo único que su madre quería para él era que se casara con una buena mujer y tuviera estabilidad.

Sí, había tolerado a las mujeres que había conocido a lo largo de los años, y Damien había optado por ignorar su creciente decepción con el estilo de vida que él había decidido llevar. Su padre había muerto hacía ocho años, dejando atrás una empresa que se asomaba peligrosamente al abismo de la quiebra.

Damien se comprometió completamente con el negocio que había heredado y trató de ser creativo para volver a levantarlo. Había integrado su gran y exitosa empresa de informática con la desfasada compañía de transportes de su padre, y la unión había sido un éxito rotundo, pero había requerido mucha atención. ¿Cuánto había tenido él tiempo para preocuparse por su estilo de vida? Cuando tenía veintitrés años, mil años atrás, o eso le parecía, había intentado escoger un estilo de vida serio al lado de una mujer, pero aquello había fracasado estrepitosamente. ¿Qué tenía de malo que a partir de aquel momento sus decisiones no fueran del agrado de su madre? ¿Acaso no tenía el tiempo a su favor para lidiar con aquella situación?

Ahora, al enfrentarse a la posibilidad de que a su madre no le quedara mucho tiempo de vida, se veía obligado a reconocer que su feroz ambición, la que le había llevado a la cima y había conservado el colchón financiero que su madre se merecía, también le había colocado en situación de decepcionarla.

Damien alzó la vista cuando su secretaria asomó la cabeza por la puerta. A pesar de que había dejado muy claro que no quería que lo interrumpieran, con Martha Hall no servían las normas habituales. La había heredado de su padre, y a sus sesenta años, era casi como de la familia.

–Sé que me habías dicho que no te molestara, hijo...

Damien contuvo un gruñido. Hacía mucho que había renunciado a recordarle que aquel término cariñoso era poco apropiado. Además de trabajar para su padre, Martha había pasado muchas noches cuidando de él.

–Pero me prometiste que me contarías lo que te dijera el especialista sobre tu madre –tenía una expresión preocupada en el rostro.

–Nada bueno –Damien trató de suavizar el tono de voz, pero se dio cuenta de que no podía. Se pasó los dedos por el oscuro cabello y se detuvo frente a ella.

Martha debía medir aproximadamente un metro setenta y ocho, pero él se cernía sobre ella con su metro noventa y tres de puro músculo. La fina tela de sus pantalones grises a medida y la prístina camiseta blanca marcaban las poderosas líneas de un hombre capaz de provocar que las cabezas se giraran a su paso por la calle.

–El cáncer podría estar más extendido de lo que

pensaban al principio. Le van a hacer una batería de pruebas y luego la operarán para comprobar lo que han averiguado. Después decidirán el tratamiento más adecuado.

Martha sacó el pañuelo que llevaba en la manga de la blusa y se secó los ojos.

–Pobre Eleanor. Debe estar muy asustada. ¿Y cómo lo lleva Dominic?

Aquel nombre quedó suspendido en el aire entre ellos, un acusador recordatorio de por qué su madre estaba tan preocupada al saberse enferma y ver que él, Damien, seguía soltero y sin compromiso, jugando con una interminable lista de mujeres espectaculares pero inadecuadas a sus ojos para hacerse cargo de la que algún día sería su responsabilidad.

–Voy a ir a verle.

La mayoría de las personas habrían captado su tono abrupto de voz, habrían desistido de continuar con aquella conversación. Pero no Martha Hall.

–Entonces, ¿has pensado qué será de él si tu madre está peor de lo que se pensaba? Deduzco por tu cara que no quieres hablar de este tema, cariño, pero tampoco puedes darle la espalda.

–No le estoy dando la espalda a nada –afirmó Damien con beligerancia.

–Bueno, te dejaré para que pienses en ello, ¿verdad? Me pasaré a ver a tu madre cuando salga de trabajar.

Damien trató de esbozar una sonrisa.

–Ah, y otra cosa –recordó Martha–. Abajo hay una tal señorita Drew que insiste en verte. ¿Le digo que suba?

Damien se quedó paralizado. El asunto de Phillipa Drew era una piedra más en su mochila, pero al menos aquello podía resolverlo. Si no hubiera surgido lo de su madre lo habría solucionado ya, pero...

–Dile que pase.

Martha no sabía nada de Phillipa Drew, no tenía por qué. Phillipa trabajaba en los intestinos de IT, el lugar donde la creatividad se vivía al grado máximo y donde la habilidad y el talento de los programadores se llevaban al límite. Phillipa era secretaria de uno de los responsables del departamento, y Damien no había sido consciente de su existencia hasta que una semana atrás, una serie de infracciones de la empresa habían salido a la luz, y todas las pistas llevaban a ella.

El responsable del departamento había recibido serias advertencias, se habían organizado reuniones, todo el mundo había sido investigado. El material importante no podía robarse, pasarse a la competencia... el proceso de investigación había sido muy riguroso, y finalmente, Damien había concluido que la mujer había actuado sin la ayuda de ningún otro miembro del equipo.

Pero no había seguido pendiente del caso. La patente del software había limitado los daños, pero había que tomar represalias. Tuvo una entrevista preliminar con la mujer, pero fue algo precipitado, lo suficiente como para que la acompañaran a la puerta del edificio y le pusieran precio a su cabeza. Ahora tenía más tiempo.

Tras diez días muy estresantes, que habían culminado con la llamada de teléfono del médico de su madre, a Damien no se le ocurría nada mejor que desahogarse con alguien que había robado a la empresa.

Volvió a sentarse y se centró completamente en el asunto que tenía entre manos.

La cárcel, por supuesto. Tenía que dar ejemplo.

Damien pensó en el breve encuentro que había tenido con aquella mujer, en cómo había sollozado, suplicado y luego, al ver que nada funcionaba, en cómo se le había ofrecido como último recurso.

Torció el gesto con repugnancia al recordarlo. Aunque fuera una rubia de casi un metro ochenta, la situación le había parecido sucia y repulsiva.

Estaba en perfectas condiciones de informarle de un modo tajante que el riguroso sistema judicial británico estaba esperando por ella. Estaba deseando descargar toda la fuerza de su frustración en la cabeza de una delincuente que había tenido la osadía de pensar que podía robarle.

Abrió todas la pruebas de su intento de fraude en el ordenador, se relajó en la silla y esperó su llegada.

Abajo, en el lujoso vestíbulo del edificio de oficinas más impresionantes en las que había estado en su vida, Violet esperó a que la secretaria de Damien Carver fuera a buscarla. Estaba un poco sorprendida de que resultara tan fácil verle. Durante unos segundos alimentó la improbable fantasía de que tal vez Damien Carver no fuera el monstruo que Phillipa le había dicho que era.

Pero la fantasía no duró mucho. Nadie que hubiera alcanzado aquellos niveles de éxito podía ser compasivo y cariñoso.

¿Qué estaba haciendo ella allí? ¿Qué esperaba conseguir? Su hermana había robado información, se había dejado convencer por un hombre que la había utilizado para acceder a los archivos que quería, la habían pillado y tendría que enfrentarse al largo brazo de la ley.

Violet no estaba muy segura de en qué consistía

eso exactamente. Ella era profesora de plástica. El espionaje y el robo de información no podían estar más lejos de su mundo. Sin duda su hermana estaba equivocada al asegurar que podría caerle pena de cárcel, ¿verdad?

Violet no sabía qué sería de ella si no tenía cerca a su hermana. Las dos estaban solas. A los veintiséis, era cuatro años mayor que su hermana, y aunque era la primera en admitir que Phillipa nunca había sido fácil desde que sus padres murieron en un accidente de coche siete años atrás, la quería con todo su corazón y haría cualquier cosa por ella.

Miró a su alrededor y trató de controlar la creciente oleada de pánico que sintió al ver los kilómetros de mármol y aluminio que la rodeaban. Le pareció injusto que un sencillo edificio de cristal no anunciara la opulencia que albergaba en su interior. ¿Por qué no se lo había mencionado su hermana cuando empezó a trabajar en la empresa diez meses atrás? Apartó de sí el deseo de volver a la casita que había conseguido comprar con el dinero que les quedó tras la muerte de sus padres. Y controló el impulso de salir huyendo y centrarse en la preparación del nuevo trimestre del colegio.

¿Qué diablos iba a decirle al señor Carver? ¿Podría ofrecerse para devolver lo que se hubiera robado, proponer algún tipo de restitución económica?

Absorta en el escenario que la rodeaba, dio un respingo cuando una mujer alta y de cabello gris le anunció que había venido a acompañarla al despacho de Damien Carver.

Violet agarró el bolso en su regazo como si fuera un talismán y la siguió dócilmente.

Mirara donde mirara, todo le recordaba que aquel

no era un edificio normal a pesar de que lo parecía por fuera.

Los cuadros de las paredes eran salpicones abstractos de aspecto muy caro. Las plantas del vestíbulo parecían más exuberantes y grandes de lo normal, como si estuvieran hormonadas. Las personas que salían y entraban del ascensor eran jóvenes y vestían de forma elegante y moderna. Incluso el ascensor, pensó cuando entró en él, era anormalmente grande. Violet observó la repetida imagen de su nervioso rostro y trató de concentrarse. Si aquella mujer era su secretaria personal, entonces estaba claro que no estaba al tanto de las irregularidades de Phillipa.

Cuando salieron del ascensor se encontraron con una impresionante puerta de roble enmarcada por dos láminas de cristal ahumado que protegían a Damien Carver de las miradas de cualquiera que estuviera esperando en el despacho exterior de su secretaria.

Damien, que estaba cavilando sobre los errores tan estúpidos que había cometido Phillipa Drew en su mal trazado plan para defraudar a la empresa, no se molestó en alzar la vista cuando se abrió la puerta y Martha anunció a su inesperada visita.

–Siéntate –continuó con los ojos clavados en la pantalla.

Cada detalle de su lenguaje corporal daba a entender el desprecio de un hombre que ya había tomado una decisión.

Con los nervios a flor de piel, Violet se dejó caer en la silla de cuero justo delante de él. Deseó poder dirigir la mirada hacia otra zona menos intimidatoria de la estancia, pero no podía evitar mirar al hombre que tenía delante.

«Es un cerdo», le había dicho Phillipa cuando le

preguntó cómo era Damien Carver. Violet imaginó al instante a un hombre bajo, gordo, agresivo y desagradable. No estaba preparada para la visión del hombre más guapo que había visto en su vida.

Tenía el pelo oscuro y los rasgos de la cara cincelados. Su boca no sonreía, pero Violet fue extrañamente consciente de su sensual curvatura. No podía ver los detalles de su cuerpo, pero vio lo bastante como para darse cuenta de que era musculoso y esbelto. Debía tener algo de sangre extranjera, pensó Violet, porque tenía la piel como dorada por el sol. La boca se le hacía agua, y trató de recuperar la compostura antes de que él la mirara.

Cuando finalmente levantó los ojos hacia ella, se quedó clavada en la silla al ver que los tenía azul marino.

Damien se la quedó mirando un largo instante en completo silencio antes de decir en un tono tan glacial como sus ojos:

–¿Y quién diablos eres tú?

Desde luego, no la mujer que esperaba ver. Phillipa Drew era alta, delgada, rubia y se parecía a las mujeres con las que solía salir antes, seguras de sí mismas y de su poder.

Sin embargo, esta joven, con su abrigo poco favorecedor y sus zapatos planos, era la antítesis de la moda. ¿Quién sabía qué cuerpo se ocultaba bajo aquel atuendo sin forma? Llevaba una ropa completamente discreta, igual que lo era su postura. Parecía como si prefiriera estar en cualquier otro sitio del mundo y no enfrente de él.

–Soy la señorita Drew... pensé que sabía... –comenzó a explicarse Violet echándose hacia atrás.

Se sentía abrumada por la fuerza de su posibilidad.

Seguía muy recta y sujetaba todavía el bolso contra el pecho.

–No estoy de humor para juegos, créame. Llevo dos semanas terribles y lo último que aguantaría ahora sería que alguien se hubiera colado en mi despacho con falsas premisas.

–No estoy aquí bajo ninguna falsa premisa, señor Carver. Soy Violet Drew, la hermana de Phillipa –hizo un esfuerzo por tratar de insuflar algo de autoridad natural a su tono de voz. Era profesora, estaba acostumbrada a decirles a los niños de diez y once años lo que tenían que hacer. Y si tenía que gritarles, gritaba. Pero por alguna razón, seguramente porque estaba en terreno desconocido, la sensación de autoridad la había abandonado.

–Me cuesta trabajo creerlo –Damien se puso de pie.

Violet se vio frente al impacto total de su cuerpo alto y atlético, elegante sin buscarlo. Damien empezó a dar vueltas a su alrededor en círculos cada vez más pequeños. Era como un depredador observando a su presa. Finalmente se apoyó en el borde del escritorio, obligándola a mirarlo desde una posición de desventaja.

–No nos parecemos mucho –admitió Violet–. Todo el mundo lo dice. Ella heredó la altura, la figura y la belleza por parte de la familia de mi madre. Yo me parezco más a mi padre –la explicación le salió en automático. Estaba acostumbrada a decirla, pero tenía la mente casi completamente centrada en el hombre que tenía delante.

Al examinarla más de cerca, Damien notó las similitudes. Le dio la impresión de que tal vez tuvieran un tono de cabello parecido, pero estaba claro que Phillipa se lo había teñido de un rubio más claro. Y las dos tenían los mismos ojos azules enmarcados por pestañas oscuras y largas.

–¿Y qué haces aquí?

Violet aspiró con fuerza el aire. Había ensayado mentalmente lo que quería decir. No contaba con verse completamente distraída por un hombre pecaminosamente guapo.

–Supongo que te ha enviado en su nombre, ¿verdad? –intervino Damien al ver que guardaba silencio demasiado tiempo. Curvó los labios–. Al ver que sus sollozos y sus súplicas no funcionaban, y tras haber tratado de seducirme y no haberlo conseguido, decidió mandarte a ti para que hicieras el trabajo sucio por ella...

Violet abrió los ojos de par en par.

–¿Trató de seducirle?

–Un movimiento poco inteligente por su parte –Damien se dio la vuelta, de modo que estaba otra vez frente al ordenador–. Debió confundirme con uno de esos idiotas que se dejan impresionar por una cara bonita.

–No me lo creo... –pero, ¿acaso no era cierto que Phillipa siempre había utilizado el físico para conseguir sus objetivos? Siempre le había resultado fácil manipular a la gente para que hicieran lo que ella quería. Los chicos eran como barro en sus manos, los tomaba y los descartaba sin pensar demasiado en sus sentimientos. Excepto en el caso de Craig Edwards. Ahí las cosas fueron al revés, y Phillipa no estaba preparada para lidiar con el rechazo.

Violet estaba horrorizada con el comportamiento de su hermana.

–Créelo.

–No sé si se lo contó, pero fue utilizada por el hombre con el que salía. Él quería tener acceso a unos archivos que pensaba que... bueno, no estoy al tanto de los detalles.

–Te ayudaré con eso –Damien enumeró la información que por suerte no había llegado a las manos equivocadas. Se sentó, cruzó las manos detrás de la cabeza y la miró con frialdad–. ¿Tienes alguna idea de la cantidad de dinero que mi empresa habría perdido si el robo de tu hermana hubiera tenido éxito?

–Pero no lo tuvo. ¿Eso no cuenta para algo?

–¿Qué clase de argumento estás tratando de utilizar para salvar a tu hermana? –preguntó Damien sin asomo de compasión–. ¿El de que estaba con un hombre que no le convenía o el de que al final no ha pasado nada? Porque quiero que sepas que no me vale ninguno. No conozco mucho a tu hermana, pero no me parece una víctima. Sinceramente, me dio la impresión de ser una cómplice sin el cerebro suficiente para llevar a cabo sus planes.

Violet lo miró con odio. Bajo aquel aspecto tan magnífico, era frío como un bloque de hielo.

–Phillipa no me ha pedido que venga –insistió–. He venido porque he visto lo desesperada que está, lo mucho que se arrepiente de lo que ha hecho. Y ya ha recibido su castigo, señor Carver. ¿No se da cuenta? La han despedido del primer trabajo de verdad que ha tenido en su vida.

–Tiene veintidós años, según pone en su ficha. Si este es su primer trabajo, ¿puedes decirme qué ha estado haciendo los últimos seis años, desde que dejó el colegio a los dieciséis? Si no me equivoco, le hizo creer a mi equipo que hizo un curso muy importante de informática y que trabajó en una empresa de software en Leeds. Las referencias las escribió un tal señor Phillips.

Violet tragó saliva y sintió que la tierra se abría bajos sus pies. ¿Qué podía decir ante aquello? ¿Que era mentira? Se negaba. Miró a Damien, que tenía la expresión confiada de alguien que había atrapado a su enemigo en una trampa. Phillipa no le había dicho nada sobre cómo había conseguido un trabajo tan bien pagado en una empresa tan importante. Ahora lo entendía. Andrew Phillips había sido novio de su hermana. Ella le había prometido amor y matrimonio cuando Andrew subió de posición en la empresa de software de Leeds. En cuanto salió por la puerta, Phillipa puso los ojos en Grez Lambert durante un breve periodo, y luego, desafortunadamente, se fijó en Craig Edwards.

–¿Y bien? –dijo Damien–. Soy todo oídos.

Una parte de él era consciente de que estaba siendo algo injusto. Aquella joven bienintencionada había reunido el coraje de acercarse a él en nombre de su hermana. Y él le estaba lanzando dardos envenenados.

–Mira –Damien suspiró con impaciencia y se inclinó hacia delante–. Es muy loable por tu parte que vengas aquí a intentarlo, pero tienes que reconocer que tu hermana es una estafadora.

–Sé que puede llegar a ser algo manipuladora, señor Carver, pero ella es lo único que tengo y no puedo perderla solo porque haya cometido un error –los ojos se le llenaron de lágrimas.

–Apuesto a que tu hermana ha cometido muchos errores en su vida. Siempre se ha salido con la suya sonriendo y mostrando los pechos.

–Eso que ha dicho es horrible.

Damien se encogió de hombros y continuó mirándola con fijeza.

–Es mejor encararse de frente a la verdad –pero tenía que reconocer que él no lo había hecho con la preocupación de su madre respecto a su modo de vida.

–Entonces, ¿qué va a pasar ahora? –quiso saber Violet. Tratar de apelar a su bondad había resultado inútil.

–Seguiré el consejo de mis abogados, pero se trata de un delito muy serio y tiene que tratarse con contundencia.

–Cuando dice contundencia... –Violet estaba impactada con las duras y frías líneas de su rostro. Era como estar viendo a alguien de otro planeta. Sus amigos eran personas sencillas y solidarias, ella misma también iba una vez a la semana a un centro de la tercera edad a dar clases de arte.

–Cárcel. ¿Para qué andarse con rodeos? Una lección para tu hermana y un ejemplo por si a alguien más se le ocurre intentar reírse de mí.

–Es su primer delito, señor Carver. No es una criminal... –las lágrimas empezaron a caer.

Damien abrió un cajón del enorme escritorio y le pasó una caja de pañuelos de papel.

–Tu hermana irá a prisión. Podrás visitarla cada semana y ella debería aprovechar ese tiempo para reflexionar sobre su vida.

Violet se revolvió en la silla y agarró la caja de pañuelos.

–¿No tiene usted compasión? –susurró con tono ronco–. Le prometo que Phillipa no volverá a cometer ninguna irregularidad...

–No podrá hacerlo porque estará entre rejas. Pero solo por curiosidad, ¿cómo vas a evitarlo? ¿Instalando cámaras de seguridad en su casa?

–Vivimos juntas –afirmó Violet–. La vigilaré constantemente, me aseguraré de que no haga nada indebido. Es lo que llevo haciendo desde que nuestros padres murieron.

–¿Cuántos años tienes?

–Veintiséis.

–O sea, que apenas eres cuatro años mayor que ella. Supongo que tuviste que crecer muy deprisa para poder encargarte de tu hermana. Supongo que no debió ser fácil.

Por primera vez desde hacía semanas, la sensación de estar a merced de las olas y las corrientes sobre las que no tenía control empezó a evaporarse.

–Phillipa se volvió un poco rebelde –reconoció Violet–. Es comprensible. Estaba en una edad difícil cuando nuestros padres murieron.

–¿Y tú no?

–Yo siempre he sido más fuerte que ella, Phillipa era la mimada. Fue una niña preciosa que se convirtió en una adolescente espectacular. Yo era la sensata y la trabajadora.

–Debes tener calor con ese abrigo, ¿por qué no te lo quitas?

–Perdón, ¿cómo dice?

–La calefacción funciona perfectamente aquí dentro, debes estar sudando.

–¿Por qué iba a quitarme el abrigo si ya me voy a ir, señor Carver? He dicho todo lo que tenía que decir, he tratado de apelar a su bondad pero carece de ella, así que no tiene sentido que siga aquí.

–Tal vez haya algo más que decir al respecto. Quítate el abrigo.

Violet vaciló. Pero finalmente se puso de pie, consciente de que Damien tenía los ojos clavados en ella. Recordó el desprecio con el que había comentado que su hermana trató de seducirle. Se preguntó qué pensaría cuando la viera a ella sin la protección del enorme abrigo, pero luego se recordó que su aspecto era irrelevante. Había ido allí a hablar a favor de su hermana.

Damien observó cómo el austero abrigo revelaba un vestido ancho de manga larga igual de austero sobre el que llevaba una chaqueta suelta.

–La pregunta es, ¿qué estarías dispuesta a hacer para evitar que tu hermana fuera a la cárcel?

Damien dejó la pregunta en el aire. Sus ojos, pensó con aire ausente mientras ella lo miraba con asombro, no eran del mismo tono azul que los de su hermana. Eran más violetas, más acordes con su nombre.

–Haría cualquier cosa –se limitó a decir ella–. Puede que Phillipa tenga sus defectos, pero ha aprendido la lección. No solo respecto al delito, sino que además ha abierto los ojos sobre en qué hombres puede confiar y en cuáles no. Nunca la había visto tan destrozada.

–Así que harías cualquier cosa –repitió Damien poniéndose de pie. Se acercó un instante a la ventana y vio los tristes colores grises del invierno que se resistía a marcharse. Se dio la vuelta y regresó otra vez al escritorio–. Me alegra oír eso, porque tengo que decir que entonces hay espacio para la negociación.

Capítulo 2

NEGOCIAR? ¿Cómo? Violet estaba perdida. ¿Le iba a pedir una compensación económica por el tiempo que su equipo había perdido investigando a Phillipa? No tendría forma de pagar aquella deuda.

Aquella no era una situación que a Damien le gustara. No era una solución ideal, pero, ¿qué opciones tenía? Necesitaba demostrarle a su madre que podía tener fe en él, que podía apoyarse en él dadas las circunstancias. Necesitaba tranquilizarla para que de ese modo respondiera mejor al tratamiento.

Sin embargo, la cruda realidad era que no tenía amigas. Las mujeres que pasaban por su vida eran mujeres con las que salía, y las mujeres con las que salía no eran adecuadas para la tarea que tenía entre manos.

–A mi madre le han diagnosticado recientemente un cáncer. Cáncer de estómago. Está en Londres haciéndose pruebas. Como supongo que sabrás, con el cáncer nunca se sabe qué puede pasar...

–Siento oír eso. Pero, ¿puedo preguntarle qué tiene que ver conmigo?

–Tengo una proposición que hacerte. Una proposición beneficiosa para ambos –Damien se quedó mirando fijamente a la mujer que tenía delante. Sabía que lo que iba a hacer resultaba como mínimo cuestionable, pero, ¿acaso el fin no justificaba los medios?

A veces había que tomar un camino inesperado para llegar al destino buscado.

–¿Qué clase de proposición? –quiso saber Violet.

–Durante un tiempo, mi madre ha estado... descontenta con mi estilo de vida –Damien se dio cuenta de que era la primera vez que verbalizaba aquello. No era de los que se confiaban a nadie, y le costaba trabajo–. Quiero que me prometas que nada de lo que te vaya a decir saldrá de este despacho, ¿de acuerdo? Mi madre es bastante tradicional. Tengo treinta y dos años y ella cree que debería tener una relación estable con un tipo de mujer a la que yo, sinceramente, ni siquiera miraría dos veces.

–Sigo sin entender qué tiene que ver todo esto conmigo, señor Carver.

–Entonces hablaré sin rodeos. Puede que mi madre no viva mucho tiempo. Quiere verme con alguien que ella considere la mujer adecuada para mí. Y en este momento no conozco a nadie que reúna esas características.

Violet lo vio entonces claro.

–¿Y cree que yo podría ser adecuada para el papel? –sacudió la cabeza sin dar crédito. ¿Cómo iba a creerse alguien que aquel hombre y ella tuvieran una relación romántica? Damien era pecaminosamente guapo, mientras que ella...

Él la observó en silencio mientras Violet asimilaba lo que le estaba diciendo.

–Tú no te pareces en nada a ninguna mujer con la que haya salido en mi vida, por lo tanto, cumples con las características requeridas.

–Lo siento, señor Carver –Violet se preguntó cómo era posible que tanta belleza física escondiera semejante frialdad–. Para empezar, yo no miento. Y para seguir, si su madre le conoce un poco se dará cuenta enseguida de la farsa que pretende hacerle creer.

–Pero tu hermana se enfrenta a la cárcel. ¿Es eso lo que quieres de verdad? ¿Serías capaz de condenarla a ese horror?

–¡No puede chantajearme así!

–¿Quién habla de chantaje? Te ofrezco una opción que resulta extremadamente generosa por mi parte. A cambio de unos días con ciertas inconveniencias, tienes mi palabra de que no habrá denuncia. Tu hermana podrá aprender la lección sin tener que sufrir todo el peso de la ley, aunque ambos sabemos que es lo que se merece –Damien se puso de pie y se acercó hacia el impresionante ventanal. Miró hacia fuera unos segundos antes de girarse otra vez hacia ella–. Pero te aseguro que si decides no ayudarme, me aseguraré de que tu hermana reciba su castigo. No lo dudes ni por un instante.

–Esto es una locura –murmuró Violet–. Las cosas no se hacen así. Estoy segura de que su madre prefiere que salga con las mujeres que le gustan en lugar de fingir que está con alguien que en realidad no le interesa.

–No es tan sencillo –Damien se pasó las manos por el pelo. De pronto se sentía incómodo ante la idea de hacerle más confidencias–. Hay algo más. Tengo un hermano, Dominic, seis años mayor que yo. Vive con mi madre en Devon.

Damien vaciló. Nueve años atrás, antes de que el tiempo y la experiencia hicieran su trabajo, fue lo suficientemente estúpido como para enamorarse de una mujer. Tanto como para pedirle matrimonio. Fue una relación de ocho semanas que transcurrió fundamentalmente en la cama, pero se trataba de una mujer inteligente y culta con la que se imaginaba teniendo conversaciones de altura. Entonces ella conoció a Dominic y Damien supo al instante que se había equivocado. Annalise trató de disimular su incomodidad, y Damien le concedió por un instante el beneficio de la duda. Pero ella le dijo que no estaba preparada para comprometerse. Damien captó claramente el mensaje. Estaba dispuesta a comprometerse con él, pero no con la carga de un hermano discapacitado, alguien a quien habría que cuidar cuando su madre ya no estuviera.

Desde entonces se había asegurado de que sus relaciones con las mujeres fueran cortas y gozosas. Nunca había llevado a ninguna a Devon, y muy pocas habían conocido a su madre, solo cuando no le quedó más remedio.

Damien tuvo que contener el impulso natural de mantener en secreto aquella parte de su vida. Dadas las circunstancias, debía darle detalles a la mujer que tenía delante.

Empezó a dar vueltas por el despacho mientras Violet lo miraba sin saber qué pensar.

–Mi hermano nació con daño cerebral –le dijo entonces él de sopetón–. No está completamente incapacitado, pero no puede llevar una vida normal en el mundo exterior. Está confinado a una silla de ruedas, y aunque tiene destellos de auténtica brillantez, se encuentra mentalmente dañado. Mi madre dice que se quedó unos instantes sin oxígeno al nacer. La cuestión es que depende de ella a pesar de que cuenta con todos los cuidados que el dinero puede comprar. Mi madre cree que Dominic necesita estar rodeado de un fuerte vínculo familiar.

–Entiendo. Como no tiene ninguna relación estable ni sale con nadie que su madre apruebe, cree que no será capaz de ocuparse de su hermano si algo le sucediera a ella.

–En resumidas cuentas, sí.

Violet lo miró y se preguntó qué sentiría por su hermano. Al parecer, lo suficiente como para meterse en un papel que no le apetecía. Pero su rostro permanecía imperturbable y frío.

–No está bien mentir a la gente –dijo Violet.

Las duras líneas del rostro de Damien se relajaron en una sonrisa cínica.

–¿Esperas que me crea eso? Por tus venas corre la misma sangre que corre por las de tu hermana.

–Tiene que haber otra manera de que repare lo que Phillipa ha hecho.

–Los dos sabemos que vas a tener que hacer lo que yo quiera porque no tienes elección. Irónicamente, tu posición es muy parecida a la mía. Los dos vamos a representar una farsa que no nos apetece por el bien de otra persona.

–Pero cuando su madre descubra la verdad...

–Le diré que lo nuestro no ha funcionado. Esas cosas pasan. Pero antes de que ocurra, tendrá oportunidad de tranquilizarse al ver que soy más que capaz de asumir mis responsabilidades.

A Violet le daba vueltas la cabeza. Se puso de pie con piernas temblorosas pero volvió a sentarse. Damien tenía razón. Iba a tener que aceptar porque no le quedaba más opción.

–No saldrá bien –protestó–. Ni siquiera nos caemos bien.

–Eso no forma parte del acuerdo –Damien la rodeó y fue a apoyar las manos en los brazos de la silla en la que ella estaba.

Violet se echó hacia atrás, se sentía ahogada por su

cercanía física. Todo en Damien resultaba poderoso y abrumador. Le resultaba imposible relajarse, y su temperamento, normalmente apacible, adquiría un grado de tensión insoportable.

–Pero su madre se dará cuenta enseguida, verá que se trata de una farsa.

–Verá lo que quiere ver, porque es así como funciona la gente –Damien se apartó y consultó su reloj–. Tengo intención de ir a verla esta tarde a última hora. Doy por hecho que estás de acuerdo con lo que te he sugerido.

–¿Acaso tengo opción? –preguntó Violet con amargura.

–Todos tenemos opciones. En este caso tal vez ninguno de nosotros esté escogiendo la que le gustaría, pero la vida no siempre funciona como queremos –Damien se encogió de hombros.

–¿Por qué no contrata a una actriz para que haga el papel? –Violet lo miró con resentimiento.

–No tengo tiempo. Además, si contrato a alguien podría traerme complicaciones. La actriz podría verse tentada a quedarse una vez que estuviera hecho el trabajo. Contigo, las cosas están claras como el agua. Yo le salvo el pellejo a tu hermana y tú estás en deuda conmigo. El hecho de que yo te caiga mal es un plus añadido. Al menos así me aseguro de que no te convertirás en una molestia.

–¿Una molestia, señor Carver?

–Llámame Damien. Por muy ingenua que sea mi madre, si me tratas de usted se descubrirá todo el pastel.

–¿Cómo... cómo puedes ser tan frío?

Damien endureció el gesto. En lo que a él se refería, se estaba enfrentando a la situación con la mayor eficacia posible. Si la despojaba de toda emoción no se veía borroso. Su madre estaba enferma y sentía angustia por él, quería verle con alguien al lado a quien pudiera considerar un ancla. Así que su tarea consistía en pensar en algo que la tranquilizara. Así era como se enfrentaba a todos los problemas que se le presentaban. Con calma, decisión y frialdad. Siempre le había ido bien con aquel sistema y no iba a cambiar ahora.

–El modo en que yo decida enfrentarme a esta situación es cosa mía y solo mía. Tu papel no consiste en dar tu opinión, sino en estar a mi lado durante dos días cuando vaya a visitar a mi madre. Y si me preguntas qué entiendo por una molestia...

No cabía la posibilidad de que Violet se convirtiera en un lastre. Eran dos personas completamente opuestas. Aunque ella no le hubiera dicho que le caía bien, se habría dado cuenta por sí solo. Había resentimiento en sus ojos violetas y en su lenguaje corporal. Por supuesto, no ayudaba que estuviera allí coaccionada, pero cuando entró en el despacho no mostró ninguna de las señales que pudieran despertar interés. Ninguna mirada coqueta, ninguna sonrisa provocadora, nada de batir las pestañas...

Damien no estaba acostumbrado a que las mujeres reaccionaran así. En cualquier otra situación le habría parecido divertido, pero no ahora. Había demasiado en juego. Así que, fueran cuales fueran sus pensamientos, debía dejar su postura muy clara.

–Una molestia sería que te imaginaras que esta farsa es real... que te hicieras ilusiones.

Violet abrió la boca y se puso completamente roja. No solo la estaba chantajeando para que hiciera algo que no estaba bien, sino que además estaba sugiriendo con aquella arrogancia suya que podría llegar a estar interesada en él.

Sí, tenía que reconocer que era muy guapo, pero nunca podría sentirse atraída por él. Todo en Damien la repelía. Violet apretó los labios y lo miró con la misma frialdad que él.

–Eso no sucedería ni en un millón de años –le dijo–. La única razón por la que consiento a esto es porque no tengo elección, digas tú lo que digas. ¿Y cómo sé que mantendrás tu parte del trato? ¿Cómo sé que no tomarás represalias contra mi hermana cuando yo haya cumplido con lo pactado?

Damien se inclinó hacia delante con gesto amenazador.

–¿Cómo sé yo que tú no le dirás a mi madre lo que está pasando de verdad? ¿Cómo sé que harás lo que te pido? Supongo que puede decirse que estaremos atados el uno al otro durante un corto espacio de tiempo y que tendremos que confiar en que ninguno de los dos intente cortar la cadena. Y ahora tenemos que ver los detalles –agarró la chaqueta que estaba en el respaldo del sofá de piel–. Es la hora de comer. Vamos a tomar algo y a hablar de ello.

Al parecer esperaba que ella le siguiera. ¿Sería así con todas las mujeres? ¿Por qué diablos lo aguantarían las demás? Violet tuvo prácticamente que correr para seguirle el paso. Pasaron por delante de la secretaria de cabello gris, que los miró con interés mientras Damien le ordenaba que cancelara todas las citas de la tarde, y bajaron al vestíbulo.

Violet no pudo evitar fijarse en cómo todo el mundo reconocía su presencia mientras Damien avanzaba por delante de ella. Las conversaciones se interrumpían, la gente estiraba la espalda, los grupitos se dispersaban. No quedaba ninguna duda de que él dirigía el cotarro, y Violet se preguntó cómo era posible

que su hermana creyera qu
ción.

Se puso el abrigo porque
dando al restaurante para com
un ascensor que les llevó dir
miento. Violet le siguió hasta un
tin que Damien abrió con un peque
cia.

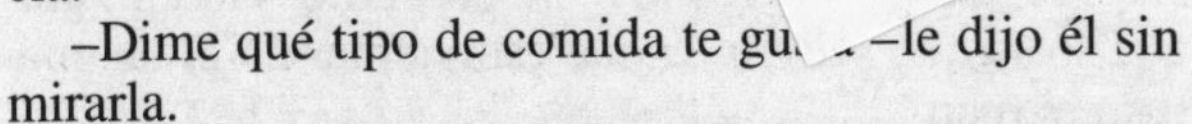

–Dime qué tipo de comida te gu –le dijo él sin mirarla.

–¿Este es el primer paso para fingir que nos conocemos?

–Vas a tener que cambiar de actitud –Damien estaba completamente centrado en el tráfico cuando salió del aparcamiento a la calle–. Las parejas intentan evitar el sarcasmo y los dardos. ¿A qué clase de restaurantes vas?

La miró de reojo, y Violet sintió un escalofrío que no fue capaz de identificar, algo que le provocó un espasmo en la piel.

Se trataba de un acuerdo de negocios. Estaban sentados en aquel coche tan espectacular, unidos por un plan en el que ninguno de los dos quería participar pero se veían obligados a hacerlo.

Tenía que conservar la compostura por muy mal que le cayera aquel hombre y por mucho que despreciara sus métodos.

–No voy a restaurantes –afirmó con convencimiento–. Al menos no con frecuencia. Soy profesora de plástica, no tengo dinero para salir a restaurantes de moda –sintió deseos de echarse a reír, no solo porque se caían fatal, sino porque eran completamente opuestos. Damien era rico y poderoso, ella tenía que contar cada penique.

ien no dijo nada. Nunca había salido con una
esora. Se inclinaba más hacia las modelos, que protestaban siempre de estar mal pagadas, pero normalmente se referían a comprar deportivos y casas en Cotswolds.

–Cuando dices restaurantes de moda, ¿a qué te refieres? –quiso saber.

–¿A qué te refieres tú? –le preguntó Violet, ¿por qué tenía que ser ella la que estuviera todo el tiempo bajo el foco?

Damien nombró una serie de restaurantes con estrellas Michelín y ella se rio con ganas.

–He leído sobre esos sitios. Creo que no he estado en ninguno de ellos.

–¿De verdad? –murmuró Damien cambiando de dirección.

–De verdad. Tu madre sentirá gran curiosidad por saber qué vemos el uno en el otro. ¿Cómo nos hemos conocido? –durante un instante, Violet olvidó su animadversión y se centró en la incongruencia de su relación–. Por ejemplo, ¿me ves saliendo del colegio en el que trabajo y decidiendo que quieres charlar un rato conmigo?

–Cosas más raras se han visto.

«No tantas», pensó Violet.

–¿Y dónde vamos?

–¿Has oído hablar de *Le Gavroche?*

–¡No podemos ir allí!

–¿Por qué no? Acabas de decir que nunca has comido en un restaurante de moda. Esta es tu gran oportunidad.

–No voy vestida para un lugar así.

–Demasiado tarde –Damien hizo una llamada rápida de teléfono y un empleado salió del restaurante para hacerse con las llaves del coche–. Vengo mucho aquí –le explicó Damien en voz baja–. Tengo un acuerdo con ellos, me aparcan el coche y luego me lo traen cuando vengo sin chófer. No puedes llevar ese abrigo durante la comida. Estoy seguro de que lo que llevas debajo es completamente adecuado.

–¡No, no lo es! –Violet estaba angustiada.

El ambiente no resultaba intimidatorio. Lo cierto era que había una atmósfera decadente y elegante que resultaba reconfortante. Damien se encontró con un viejo amigo que lo saludó. A ella nadie la miró. Y, sin embargo, Violet no pudo evitar sentir que estaba fuera de lugar, que no encajaba en el papel. Se había vestido acorde con lo que consideraba que iba a ser una entrevista difícil. La ropa que llevaba al trabajo era barata y cómoda. No estaba acostumbrada a lo que tenía puesto en aquel momento, un vestido rígido que había escogido especialmente porque era gris, suelto y por tanto ocultaba lo que ella consideraba un cuerpo rechoncho.

–¿Siempre te muestras tan tímida respecto a tu aspecto? –fue lo primero que le preguntó Damien cuando se sentaron a la mesa en una esquina tranquila.

La miró con ojo crítico. Nunca había visto un vestido con tan poca gracia en su vida.

–Aparte de conseguir que tu hermana salga impune, tú también te beneficiarás de nuestro acuerdo. Voy a abrir una cuenta para ti en Harrods. Allí hay una persona que trabaja siempre conmigo. Te daré su nombre y le diré que vas a ir a verla. Escoge la ropa que quieras. Yo me decantaría por atuendos apropiados para ir a visitar a mi madre mientras esté en el hospital.

Damien observó su expresión horrorizada y alzó las cejas.

–Estoy siendo realista –afirmó–. Puedo esgrimir la teoría de los opuestos que se atraen para explicar nuestra relación, pero no puedo explicar una atracción hacia alguien que no tiene ningún interés en la moda.

–¿Cómo te atreves? ¿Cómo puedes ser tan maleducado?

–No tenemos tiempo para andarnos con rodeos, Violet. A mi madre no le importa cómo vayas vestida, pero le olerá a chamusquina si aparezco con alguien a quien no parece importarle su aspecto.

–¡Sí me importa mi aspecto! –Violet era tranquila por naturaleza, pero sintió que estaba a punto de perder los nervios.

–Tienes una hermana que llama la atención por donde pasa, y tú reaccionas fundiéndote con el fondo que te rodea. No hace falta ser psicólogo para entender eso, pero vas a tener que saltar a la palestra un rato, y necesitarás hacerlo con el vestuario adecuado.

–¡No necesito esto!

–¿Vas a marcharte?

Violet vaciló.

–Me parece que no. Así que relájate –Damien le pasó la carta–. Eres profesora de plástica. ¿En qué colegio? –se reclinó, ladeó la cabeza y escuchó mientras ella le hablaba de su trabajo.

Lo escuchó todo. Cada pequeño trabajo. Cuanto más hablaba, más se iba relajando Violet. Damien escuchó sus anécdotas sobre sus alumnos. Al parecer hacía un gran trabajo a pesar de la escasa recompensa económica que recibía. La imagen que dio era la de una joven trabajadora y diligente que se ganaba la vida con su esfuerzo.

A Violet le dio la sensación de que llevaba horas hablando cuando les pusieron el primer plato delante.

Pensaba que la comida estaría plagada de pausas embarazosas, comentarios hostiles y acusaciones veladas, así que solo pudo deducir que Damien escuchaba muy bien. Había olvidado su ofensivo comentario de que no se cuidaba, que no tenía ningún estilo.

–¿Qué clase de ropa espera tu madre que lleve? –Violet, que había recuperado la confianza, se centró en la comida que tenía delante, un plato maravillosamente presentado y de aspecto delicioso–. No tengo muchos vestidos, suelo llevar vaqueros y sudaderas.

–Estaría bien algo sencillo pero elegante.

–¿Y cuánto tiempo me veré obligada a hacer este papel?

Damien apartó a un lado el plato, se inclinó hacia delante y la miró pensativo. Tenía que centrarse en el asunto. Debía reconocer que le había resultado entretenido escucharla hablar de su trabajo en el colegio. Era una novedad estar sentado en un restaurante con una mujer que no estaba interesada en acariciarle con el pie por debajo de la mesa o en mirarlo con ojos seductores.

Se preguntó si Violet habría hecho piececitos con algún hombre, lo que le llevó a imaginar qué clase de cuerpo se ocultaría bajo aquel vestido tan soso. Resultaba imposible saberlo.

–Le van a hacer pruebas durante toda esta semana, y luego seguirán con el tratamiento en Devon.

–Supongo que tu madre estará deseando volver a casa. ¿Puedo preguntarte quién está cuidando de tu hermano ahora?

–Tenemos un equipo de cuidadores en casa. Pero eso no es asunto tuyo. Estarás en escena mientras ella permanezca en Londres, en cuanto parta hacia Devon tu papel habrá terminado. Yo iré con ella, y durante mi estancia allí le daré la noticia de que ya no estamos juntos. Para entonces espero haberle demostrado que no tiene nada de qué preocuparse –Damien miró su rostro sonrojado y deslizó la mirada de forma involuntaria hacia sus senos, ocultos bajo las inclementes líneas del ancho vestido.

Violet percibió cómo dejaba a un lado la fría lista de hechos para centrarse en su cuerpo. Para su sorpresa, su cuerpo reaccionó con una oleada de excitación inesperada.

A diferencia de su hermana, la historia de Violet con los hombres podía condensarse en la parte de atrás de un sello. Una relación seria tres años atrás que terminó amistosamente tras un año y medio. Empezaron como amigos, y nadie podía acusarlos de no haber intentado ir un paso más lejos. Pero no funcionó. Seguían en contacto, luego él se casó y se fue a Yorkshire a vivir su cuento de hadas. Violet se alegraba por él. Alimentaba la esperanza de vivir ella también su propio cuento de hadas con alguien. Estaba segura de que reconocería a su alma gemela en cuanto la tuviera delante. Mientras tanto, mantenía la cabeza baja, salía con sus amigas y disfrutaba de la compañía de los hombres que conocía en grupo.

No contaba con verse en compañía de un hombre que le caía mal, y mucho menos sentir aquel escalofrío de excitación. Era una reacción que rechazaba con furia.

–Estarás de acuerdo en que te vas a beneficiar inmensamente de tu parte del acuerdo –les pusieron delante otro plato, pero Damien no apartó la mirada de ella. Tenía una piel exquisita, limpia y libre de maquillaje.

–Todavía no me has dicho dónde se supone que

nos hemos conocido –Violet bajó la vista y se centró en el exquisito arreglo del nuevo plato. Se le había quitado el apetito. Era demasiado consciente de su mirada clavada en ella. Tenía que hacer un esfuerzo por recuperar la compostura.

–En tu colegio. Me parece la solución menos liosa.

–¿Y qué hacías tú en un colegio de Earl's Court?

–Conozco a mucha gente, Violet, incluido cierto chef famoso que ahora mismo trabaja en un programa para colegios. He creado una pequeña unidad para supervisar la apertura de tres nuevos restaurantes en los que trabajarán alumnos graduados que hayan estudiado en la escuela de cocina, así que tiene sentido.

–Pero no es cierto, ¿verdad? –a su pesar, Violet no pudo sentirse impresionada.

–¿Por qué te cuesta tanto trabajo creerlo? –Damien se encogió de hombros. ¿Quería contarle lo satisfactorio que encontraba su trabajo solidario? Porque, desde luego, no esperaba sacar beneficios de aquel proyecto. ¿Quería explicarle que él sabía lo que era tener cerca a alguien que nunca podría tener un trabajo de verdad? Se sintió tentado a contarle los proyectos para discapacitados que estaba preparando su empresa–. No hace falta que me contestes –dejó a un lado cualquier inclinación a desviarse del tema–. No tenemos tiempo para entrar en detalles. Como te he dicho, tú sonríe y déjame el resto a mí.

Capítulo 3

PERO, ¿cómo? ¿Cómo lo has conseguido? Sé que estoy un poco pesada, pero es que no me lo puedo creer.

Phillipa estaba sentada en la mesa del comedor frente a Violet y tenía delante una botella de vino blanco. El día anterior había recibido la noticia de la inesperada clemencia de Damien Carver con incredulidad.

–Le supliqué y le rogué –repitió Violet por enésima vez–. ¿Cuándo has empezado a beber? Solo son las cinco y media.

–Tú también beberías si estuvieras en mi lugar –afirmó Phillipa torciendo el gesto y levantándose para desperezarse como un gato.

El estrés no afectaba a Phillipa como al resto del mundo. Seguía estando impresionante. Aunque no hacía mucho calor en el interior de la casa, llevaba una fina túnica de seda con pantalones a juego. Violet dio por hecho que se trataba de uno de los muchos regalos que le había hecho Craig mientras la encandilaba para que llevara a cabo su plan.

Por lo que Violet sabía, Craig se había desentendido de Phillipa y había negado que supiera lo que ella se traía entre manos. Sin embargo, según le había contado su hermana hacía una hora, se había recuperado muy bien del golpe, había conseguido un trabajo y tenía pensado salir del país.

–Muchas gracias, hermana.

Violet suspiró.

–No tienes que estar agradeciéndomelo cada dos segundos.

–Sé que puedo ser una pesadilla –vaciló un instante, pensó en servirse otra copa de vino, pero optó por beber un vaso de agua–. Pero he tenido tiempo para pensar en todo esto, he estado en contacto con Andy y... tal vez le haya utilizado un poco para conseguir ese trabajo, pero es un buen tipo. Y le han despedido –protestó Phillipa.

–¿Está enfadado contigo?

–Me adora.

–¿A pesar del asunto de Craig Edwards?

–Le he explicado que en aquel momento no pensaba con claridad... bueno, todos cometemos errores, ¿verdad? En cualquier caso, ahora que estamos los dos sin trabajo hemos decidido unir nuestras fuerzas...

–¿Para hacer qué, Phillipa?

–No te enfades, pero tiene un buen amigo en Ibiza y vamos a buscar allí nuestra oportunidad. Trabajo de bar. Pinchar música... muchas oportunidades.

Violet se reclinó en la silla y miró a su hermana. Eran como un matrimonio, estaban unidas la una a la otra para bien o para mal desde la muerte de sus padres. Tenía veintiséis años y no sabía lo que era vivir sola, sin tener que acomodarse a otra persona. Phillipa siempre había hecho lo que quería y Violet se dedicaba a recoger los trozos rotos.

–¿Cuándo te vas?

–Me voy a Leeds por la mañana, y saldremos desde allí. Andy tiene que dejar arreglado lo del alquiler del piso. No te importa, ¿verdad?

–Creo que es una idea magnífica –Violet ya tenía la cabeza puesta en la tarde siguiente, cuando conocería a la madre de Damien en el hospital. Se dio cuenta de que había estado conteniendo el aliento, preocupada ante la posibilidad de que Phillipa le hiciera preguntas, exigiera saber dónde iba.

Ahora al menos tenía una cosa menos de la que preocuparse.

Y tal vez hubiera llegado también el momento de cortar el cordón umbilical con su hermana.

Pensó en los comentarios casualmente ofensivos que Damien había hecho sobre su relación con Phillipa y apretó los dientes. Nunca nadie había conseguido infiltrarse en su cabeza como lo había hecho él. Desde el momento en que se separaron, había estado todo el rato pensando en él, y la enfurecía que no todos los pensamientos hubieran sido tan negativos como le habría gustado. Recordaba las arrogantes y frías palabras que salían de su boca, y al instante recordaba lo sexy que era aquella boca.

Animada por la positiva respuesta, Phillipa se mostró entusiasmada. Ibiza sería maravillosa, y además, estaba harta del clima inglés. Siempre había querido trabajar en un club, o en un bar. O en cualquier sitio donde no hubiera demasiados ordenadores.

Se marchó temprano a la mañana siguiente con la promesa de que estarían en contacto.

Sin el incesante parloteo de su hermana, Violet se vio obligada a preocuparse de su próximo encuentro con Damien.

Le había informado a través de un mensaje de texto que se encontrarían en el vestíbulo del hospital.

La hora de visitas empieza a las cinco. Reúnete conmigo a las cinco menos diez y no te retrases ni un segundo.

Si la intención era recordarle que estaba en deuda con él y alterarle todavía más los nervios, lo había conseguido. Cuando llegó el momento de salir hacia el hospital, estaba como un flan. Se había pasado mucho tiempo escogiendo qué ponerse. Había rechazado la proposición de Damien de proporcionarle nuevo vestuario, así que solo le quedaba su propia ropa. Uno de los tres vestidos que tenía ya lo había utilizado para la primera entrevista con Damien.

Era bajita, no precisamente delgada y tenía un pelo encrespado que se negaba a ser domado. Se vistió con vaqueros. Vaqueros, una sudadera color crema y las botas forradas, que eran muy cómodas.

Damien la esperaba en el vestíbulo del hospital. Violet lo divisó al instante. Le daba la espalda mientras pasaba las hojas de una revista en el pequeño quiosco de la entrada.

Durante unos segundos, Violet experimentó una extraña sensación de parálisis. No era capaz de dar un paso adelante. El corazón empezó a latirle con fuerza, se le secó la boca y sintió cómo rompía a sudar levemente por todo el cuerpo. Se preguntó cómo podía haber olvidado lo alto que era, lo anchos que tenía los hombros.

Damien se dio la vuelta y Violet se quedó de piedra en el sitio mientras él entornaba los ojos al mirarla. Llevaba el mismo abrigo grande y sin forma que se había puesto la primera vez, pero ahora llevaba el cabello rubio suelto, le caía sobre los hombros en ondas doradas y de color vainilla.

–Llegas puntual –dijo acercándose a ella–. Mi madre está deseando conocerte. Por lo que veo, no has aceptado mi proposición para comprarte ropa.

–Puedo caer bien o caer mal, pero espero que no tenga que ver con cómo voy vestida –Violet se puso a su lado. Aunque había hecho un esfuerzo por mantener una distancia saludable, había en él algo magnético que la atraía, un poderoso tirón que desafiaba a la razón.

Damien le estaba contando que su madre quería saberlo todo sobre ella, que él había sido parco en explicaciones, pero que no había inventado todo. Según le dijo, le había sorprendido mucho saber que estaba saliendo con una profesora.

–¿Y nos conocimos en la cafetería del colegio? –preguntó Violet educadamente mientras apretaba el paso para ponerse a su altura.

–Me ha parecido mejor dejarte a ti el toque romántico –le dijo Damien con ironía.

–¿No te importa lo más mínimo mentirle a tu propia madre?

–Me importaría más pensar que su salud pudiera verse comprometida por su preocupación por mi estabilidad –Damien miró su cabeza rubia. Apenas le llegaba al hombro. Podía sentir su renuencia escapándosele por todos los poros de su ser, y le maravilló que se sintiera tan moralmente ultrajada ante un pequeño engaño que iba a hacerse con la mejor fe posible.

Tomaron el ascensor hasta la planta en la que Eleanor Carver tenía una habitación privada.

–No sé nada de ti –dijo Violet con un repentino

ataque de pánico. Le detuvo antes de que entraran en la habitación en la que su madre estaba esperando su llegada–. Por ejemplo, ¿dónde te criaste? ¿A qué colegio fuiste? ¿Cómo son tus amigos? ¿Tienes amigos?

Violet le había llevado a un rincón, donde una pared les protegía del ir y venir de la gente que pululaba por el hospital.

–Esa es la clase de cuestión que levantaría las sospechas de mi madre –murmuró Damien mirándola fijamente–. Una novia que piensa que su pareja es tan mala persona que no puede tener amigos. Se supone que estás loca por mí...

Alzó una mano y le acarició la mejilla con un dedo, y durante unos segundos Violet se quedó paralizada.

Se dio cuenta de que no era capaz de respirar. El ruido que les rodeaba se fundió con el fondo. Estaba cautiva de aquellos ojos azules que la miraban fijamente y provocaban en ella una serie de reacciones involuntarias que la aterrorizaban y la excitaban al mismo tiempo. Todavía podía sentir la marca abrasadora que su dedo había dejado en ella cuando por fin se apartó de él.

–¿Qué estás haciendo?

–Lo sé, es una locura, ¿verdad? Tocar a la mujer que se supone que está locamente enamorada de mí. No pensarías que la farsa consistiría únicamente en charlar durante media hora, ¿verdad?

–Yo... yo...

–Será necesario algún gesto ocasional de cariño. Con eso disimularemos el hecho de que somos prácticamente unos desconocidos –Damien se apartó de la pared en la que estaba apoyado.

Pensó en Annalise, que nunca había llegado a ser

su esposa. Se había engañado a sí mismo creyendo que la conocía, pero en realidad no la conocía de nada. Se había dejado cegar por la mujer inteligente y bella y no había visto a la arribista superficial. Así que el hecho de que su «novia» y él fueran unos desconocidos no hacía la unión menos realista, a su modo de ver.

Violet no había pensado en los gestos de afecto.

–No hace falta que pongas ese gesto de incomodidad –bromeó Damien.

–No es incomodidad –se apresuró a asegurar Violet–. Es que no había pensado en esa parte.

–No es ninguna parte. Es fingir cariño.

–Ah, sí, se me había olvidado. A ti solo te gustan las mujeres vestidas por diseñadores y con cuerpo de jirafa.

Damien echó la cabeza hacia atrás y se rio. Algunas cabezas se giraron para mirarlo.

–¿Te ofende no ser mi tipo? –pensó en Phillipa. ¿Cómo era posible que dos hermanas fueran tan distintas? Una creída y narcisista, la otra tímida y vacilante. Pero curiosamente, más interesante.

Violet se sonrojó.

–Creí que había quedado claro que tú tampoco eres mi tipo –contestó desabrida–. ¿Entramos de una vez?

–No creo que sea una buena idea que pases con esa expresión tan furiosa.

Violet abrió la boca como si se preparara para responder adecuadamente a aquella sonrisa de suficiencia que tenía Damien. Entonces él le cubrió la boca con la suya con una gentileza erótica que la dejó sin aliento. Se abrió camino con la lengua con una invasión que la azotó con la fuerza de un huracán. Fue el beso más increíble que le habían dado nunca, y lo único que Violet quería hacer era atraerlo hacia sí para que continuara. Le ardía la piel y sentía un lago de dulce humedad entre las piernas. Deseó que la tierra engullera su traicionero cuerpo cuando Damien la apartó suavemente de sí y abrió la puerta de la habitación de su madre.

Damien sonreía de oreja a oreja cuando entró, y ella parecía una mujer enamorada. La había besado en el momento justo en el sitio adecuado, y sus mejillas sonrojadas hablaban de una historia que en realidad no tenía fundamento.

Damien quería que su madre creyera que estaban enamorados, y Violet fue consciente de que lo había conseguido con un solo beso. Eleanor Carver les sonreía a los dos con los brazos extendidos en gesto de calurosa bienvenida.

Era más menuda de lo que Violet había imaginado teniendo en cuenta la estatura de su hijo. Parecía muy frágil entre las sábanas, pero tenía la mirada astuta. Empezó a charlar por los codos.

–No te excites, madre. Ya sabes lo que ha dicho el médico.

–¿Cómo no va a excitarme que me hayas traído a esta chica tan encantadora?

Violet permanecía en segundo plano mientras observaba cómo Damien daba vueltas alrededor de su madre. Era muy alto y poderoso, pero había algo delicado en él cuando se inclinó para darle un beso en la mejilla y asegurarse de que tenía las almohadas bien colocadas. Violet sintió un nudo en la garganta que no esperaba.

Se desabrochó el abrigo y se lo quitó mientras pasaba por delante de Damien para ocupar la silla que había al lado de la cama.

Damien no estaba preparado para aquella figura de reloj de arena, y durante unos segundos se quedó sin respiración. Aquello no era lo que esperaba. Esperaba a alguien con un ligero sobrepeso, no aquellas curvas y aquellos senos tan exuberantes.

Vio por el rabillo del ojo que su madre le estaba mirando y dejó de mirar a Violet fijamente y se puso detrás de ella, colocándole las manos en los hombros.

Desde aquella posición no se sentía culpable de apreciar sus generosos senos. Era bajita y sin duda inocente comparada con las mujeres sofisticadas y frívolas con las que acostumbraba a salir. Y eso la hacía todavía más sexy. Situado detrás de ella, le resultaba imposible apartar los ojos de su preciosa figura.

Pero aquello no era una cuestión de sexo ni de atracción. Se trataba de un acuerdo entre ambos, y no debía complicarlo por culpa de la testosterona.

Damien acercó la silla que quedaba y se sentó a su lado, porque mirarla estaba resultando demasiado conflictivo.

Su madre había empezado a hablar de él cuando era niño. Tratar de detenerla había sido imposible, así que la dejó charlar hasta que se cansara. No la había visto tan animada desde que le diagnosticaron la enfermedad, y además, mientras siguiera hablando no haría demasiadas preguntas. Al cabo de un tiempo, Damien consultó el reloj y tosió discretamente para indicar que había llegado el momento de marcharse.

Tenía que admitir que Violet lo había hecho bien. Había mostrado interés en todas las anécdotas que su madre le había contado e incluso la había animado a explayarse.

Al observarla a hurtadillas se dio cuenta de algo que no había visto antes, cuando estaba preparando su plan. Era una mujer cálida y empática. Por eso había ido a verle para hablar en defensa de su hermana. Por eso le sonrió con genuino afecto a su madre cuando le contó la historia de la bolsa de ranas.

–Tenemos que irnos, mamá. No debes fatigarte.

–Mi vida está muy limitada si no puedo excitarme ni fatigarme demasiado, cariño. Además, tengo muchas preguntas que haceros a los dos...

Violet miró de reojo el perfil cincelado de Damien, y el recuerdo del beso le sonrojó las mejillas. Por supuesto, Damien no se había excitado. Él salía con modelos. Solo la había besado para conseguir un objetivo, y había funcionado.

Ella se avergonzaba de haberse excitado. Se estremecía de horror al darse cuenta de que había querido que el beso siguiera adelante... se preguntó dónde estaba su orgullo si era capaz de dejarse convencer por un hombre que despreciaba para hacer algo que desaprobaba de corazón y luego permitir que redujera su fuerza de voluntad a cenizas.

–Damien no me ha contado bien cómo os conocisteis. Dijo que fue hace un par de meses, pero que no quiso decirte nada por temor a poner en peligro la relación.

–¿De veras? –Violet lo miró alzando las cejas–. No sabía que te habías sentido tan vulnerable –afirmó con voz edulcorada.

Damien apoyó la mano en la suya y se la acarició distraídamente con el pulgar, lo que provocó en ella escalofríos una vez más. Pero con los ojos de su madre clavados en ellos, lo único que pudo hacer fue seguir sonriendo.

–Entonces, ¿cómo os conocisteis? –preguntó Eleanor con curiosidad.

–Cariño –Damien continuó acariciándola–. ¿Por qué no le cuentas a mi madre cómo fue nuestro primer encuentro?

–En realidad no fue demasiado romántico –Violet trató de no prestar atención a su mano–. Lo cierto es que cuando conocí a tu hijo me pareció arrogante, maleducado y...

Damien respondió apretándole con fuerza la mano en gesto de advertencia.

–Él... vino al colegio para... para reunirse con nuestra contable –la presión en la mano volvió a suavizarse–. ¿Recuerdas lo antipático que fuiste con la pobre señorita Taylor? Sinceramente, Eleanor, tengo que reconocer que al principio pensé que tu hijo tenía una parte arrogante y mandona que me parecía insoportable...

–Y, sin embargo, no podías apartar los ojos de mí –murmuró Damien sonriendo e inclinándose para darle un beso en la comisura del labio–. No creas que no me daba cuenta...

–Lo mismo digo –murmuró Violet en débil respuesta. ¿Qué otra cosa podía hacer?

–Es cierto –Damien se permitió el lujo de dirigirle una mirada lánguida–. ¿Y quién habría supuesto que bajo aquella ropa ancha se ocultaba el cuerpo de una diosa del sexo?

Violet se puso completamente roja. ¿Estaba de broma? ¿Se estaba burlando de ella? ¿De qué si no podía tratarse?, se preguntó, sonrojándose más todavía bajo el escrutinio de sus profundos ojos azules. Ella mantuvo la mirada apartada y siguió mirando a su madre con una sonrisa que se le estaba empezando a congelar. Pero tenía toda la atención puesta en Damien, que a su vez estaba completamente centrado en ella. Lo sentía en cada poro de su piel.

–No soy ninguna diosa del sexo, no hace falta mentir –murmuró riéndose avergonzada.

–Eres justo lo que mi hijo necesita, Violet –afirmó Eleanor satisfecha–. Todas esas chicas con las que ha salido durante años... supongo que estás al tanto del pasado de Damien, ¿verdad?

–Mamá, por favor, no hace falta ir por ahí. Violet sabe muy bien con qué clase de mujeres salía en el pasado, ¿no es así, cariño?

–Y me parece tan extraño como a ti, Eleanor, que un hombre tan inteligente como tu hijo se sintiera atraído por chicas que no tienen nada en la cabeza.

Damien esbozó una lenta sonrisa. *Touché*, pensó. Violet se había mostrado incómoda cuando fue a suplicarle para salvarle el pellejo a su hermana, pero se estaba dando cuenta de que no solo era cálida y amable, como había demostrado con su madre, sino que también era inteligente y tenía la lengua afilada.

Descubrió que eso le gustaba. La farsa, que al principio le asustaba, ofrecía ahora atractivos nuevos. Así que Damien pensó en darle un poco de su propia medicina con comentarios de doble sentido.

–Tienes razón, querida –Eleanor los miró con los ojos entornados. ¿Cómo era posible que su hijo, un mujeriego empedernido, se hubiera dejado subyugar por aquella encantadora profesora a la que al parecer le gustaban las pullas?

Por primera vez, Eleanor Carver se distrajo de la ansiedad que le producía el cáncer. Le gustaban los crucigramas y los sudokus, así que se divertiría desentrañando aquel pequeño enigma.

–Por supuesto, está el tema de Annalise –miró el anillo de boda que todavía llevaba en el dedo y lo giró pensativa–. Supongo que ya lo sabes todo de ella

–bostezó delicadamente y les ofreció una sonrisa cansada a modo de disculpa–. Tal vez podríais venir mañana, ¿verdad? Querida, ha sido un placer conocerte –estrechó la mano de Violet–. Estoy deseando conocerte mejor. Quiero saberlo todo sobre la maravillosa joven de la que mi hijo se ha enamorado.

Capítulo 4

QUIÉN era Annalise?

Violet se alegraba de no haber sentido el impulso de preguntarle nada más salir de la habitación de su madre. No lo sabía y no le importaba.

Pero para su frustración, aquel nombre le había rondado por la cabeza durante la siguiente semana y media, mientras sus visitas al hospital se fueron convirtiendo en rutina. Se encontraban en el mismo sitio a la misma hora, charlaban unos instantes en el ascensor y jugaban el mismo juego durante la siguiente hora y media. Era un juego que le resultaba menos sórdido de lo que había imaginado. Resultaba muy fácil conversar con Eleanor Carver.

Poco a poco, Violet fue reconstruyendo pieza a pieza la vida de la joven que había crecido en Devon, hija de aristócratas. Su infancia había consistido en caballos y acres de tierra para jugar. No fue a ningún internado, era hija única y sus padres querían tenerla cerca, así que permaneció en Devon hasta que a los diecisiete años, cuando estaba a punto de empezar la universidad, conoció al padre de Damien y se enamoró locamente de él. Era un hombre increíblemente galante, de origen italiano que había aparecido en Londres con poco más que ofrecer aparte de ambición, emoción y amor. Eleanor decidió en cuestión de segundos que aquellas tres cosas eran mejor que un título en Historia. Se enfrentó al miedo de sus padres, se negó a renunciar a su amor y salió de la mansión familiar para instalarse en una cabaña no muy lejos de allí.

Con el tiempo, sus padres entraron en razón. Rodrigo Carver se ganó muy pronto su cariño. Ofreció su consejo profesional sobre la hacienda familiar cuando la fortuna empezó a hacer aguas. Rodrigo tenía una mente privilegiada para las inversiones y le dio algunos trucos a Matthew Carrington que redundaron en beneficios. A cambio, Matthew se dio cuenta de las posibilidades de aquel diamante en bruto que era su yerno y le prestó una enorme suma de dinero para que arrancara su negocio de transportes.

A partir de aquel momento no hubo marcha atrás, y el emigrante de ascendencia italiana se convirtió prácticamente en un hijo para sus suegros.

Violet pensó que seguramente Eleanor Carver creía en los cuentos de hadas porque ella había vivido uno. Un romance apasionado con alguien de otro país y de otra clase social. ¿Por eso aceptaba la repentina relación de su hijo con una mujer que podría venir de otro planeta?

Violet le había hecho aquella pregunta a Damien el día anterior. Él se encogió de hombros y dijo que no había pensado en ello, pero que tenía sentido.

Por una vez, Violet llegó al quiosco del hospital antes de tiempo y estaba echando un vistazo a las revistas cuando le escuchó decir a su espalda:

–No pensé que te interesaría el estilo de vida de la gente rica y famosa.

Violet se dio la vuelta con el corazón latiéndole con fuerza, y durante una décima de segundo, se dio cuenta de que la hostilidad y el resentimiento que sentía hacia él se habían convertido en otra cosa durante aquellos días. ¿Cuándo había empezado a desear que llegara el momento de la visita al hospital? ¿Cuándo se trazó la tenue línea divisoria entre no importarle lo que se iba a poner y tomarse su tiempo para escoger la ropa con él en mente? Siempre se había sentido como un gorrión al lado del vistoso plumaje de su hermana. No podía competir con ella, así que nunca lo había intentado.

Entonces, ¿cuándo había cambiado aquello?

Todo lo que se decían en aquella habitación, cada gesto cariñoso estaba pensado para su madre y, sin embargo, Violet recordaba cada vez que la había tocado. Ya no daba un respingo cuando le deslizaba la mano por la parte de atrás del cuello. Unos días antes le había colocado distraídamente un mechón de pelo tras la oreja, y ella se dio cuenta de que le estaba mirando fijamente con la boca semiabierta, medio hipnotizada, como si de pronto estuvieran dentro de una burbuja y el resto del mundo se nublara.

La madre de Damien la sacó del momentáneo embrujo, pero Violet era consciente de que había cruzado una línea y no sabía qué hacer al respecto. Tenía que saber cuánto tiempo más iba a continuar aquella farsa, debía saber cuándo podría volver a la realidad.

–A todos nos interesa, ¿no? –le espetó dando un paso atrás y mirándolo a los ojos.

Damien solía llegar a la cita directamente del trabajo. Pero hoy había hecho una excepción. No llevaba traje, sino unos vaqueros negros y sudadera color crema. Violet no podía apartar los ojos de él.

–¿Quieres que te compre la revista?

Violet se dio cuenta de que seguía agarrando la revista con fuerza.

–Gracias, pero no hace falta. Iba a comprarla yo misma.

–Por favor, déjame a mí –Damien se fijó en la portada–. He salido con ella –murmuró.

Si el comentario pretendía devolverla a la realidad, lo había conseguido. Violet estaba furiosa consigo misma por el tiempo que había invertido escogiendo los vaqueros y la sudadera que se había puesto. Desde que Damien hizo aquel comentario sobre su cuerpo, aunque hubiera sido para oídos de su madre, escogía las sudaderas más ajustadas, las que le realzaban la figura. Ahora acababa de recordarle qué clase de cuerpo le gustaba, y no era parecido al suyo.

–¿Cómo se llama? –Violet se preguntó si aquella sería la misteriosa Annalise.

–Jessica. Por aquel entonces se estaba preparando para dar el salto a la fama. Al parecer lo ha conseguido –Damien pagó la revista y se la dio.

–No me sorprende. Es muy guapa.

Damien miró a la rubia peleona que lo miraba con las mejillas sonrojadas y expresión desafiante y sintió la habitual punzada en la entrepierna. Le estaba costando más trabajo de lo habitual separar las cosas. Se preguntó si no sería porque no estaba acostumbrado a contenerse con el sexo opuesto. Cuando concibió aquel plan, no se le ocurrió pensar que se vería a merced de su caprichosa líbido. Cada vez que la tocaba con uno de aquellos gestos destinados a fingir amor y afecto, podía sentir un escalofrío eléctrico que le subía por el brazo. Ahora, cuando salían del quiosco del hospital, la detuvo antes de que pudieran dirigirse hacia el ascensor.

–Tenemos que hablar antes de subir.

–De acuerdo –Violet pensó que tal vez le fuera a

decir cuánto tiempo quedaba de juego. Al pensar que aquella rutina pudiera terminar, se le nubló la mente.

–Podríamos ir a la cafetería del hospital, pero propongo que vayamos a un café que hay en la otra calle. Le he dicho a mi madre que llegaríamos un poco más tarde de lo habitual.

–No te han dado ninguna mala noticia sobre su salud, ¿verdad? –preguntó Violet inquieta.

–No, pero a mi madre le encantaría saber que te preocupa su salud. ¿Te preocupa de verdad? Aquí solo estamos nosotros dos. No hace falta fingir.

–¡Por supuesto que me preocupa! –Violet le detuvo sobre sus pasos poniéndole la mano en el brazo–. He accedido a esta farsa porque estaba en juego el futuro de mi hermana, pero tu madre es una mujer maravillosa, y nunca fingiría una inquietud que no siento.

Damien reconoció el brillo de la sinceridad en sus ojos. Durante un segundo experimentó una punzada de culpabilidad. La había arrancado de su zona de confort para obligarla a hacer algo que iba contra sus valores morales solo porque a él le convenía. Había retirado la cortina para mostrarle un mundo en el que las personas utilizaban a otras para conseguir lo que querían. No era el mundo en el que Violet vivía. Lo sabía porque le había hablado de sus amigos. Escucharla era como estar en un capítulo de un libro de Enid Blyton, en el que los buenos amigos se reunían alrededor de una botella de vino barato para hablar nada menos que del destino del mundo y cómo mejorarlo.

Pero la vida era un camino de aprendizaje, y tal vez a Violet le viniera bien tener una visión alternativa.

–¿Qué tal le va a tu hermana en Ibiza? –le preguntó. Fue un oportuno recordatorio de por qué estaban los dos allí.

Violet sonrió.

–Bien –le contó–. ¿Te acuerdas que te comenté lo del trabajo que quería conseguir en el chiringuito de la playa?

¿Se lo había contado?, se preguntó Damien. Sí, sí lo había hecho. Se veían todos los días y charlaban de muchas cosas.

–Sí, me acuerdo –era una buena elección, porque no se necesitaban referencias para trabajar de camarera.

–Bueno, pues lo ha conseguido. Solo lleva allí dos días, pero dice que las propinas son increíbles.

–Esperemos que no se sienta tentada a meter la mano en la caja –comentó Damien con ironía. Pero no había rencor en sus ojos cuando la miró más rato del que era estrictamente necesario.

–Ya se lo he advertido. No seas tan cínico –murmuró Violet.

–Según mi madre, no lo soy. Me ha alabado el gusto y ha expresado su alegría por saber que ya no salgo con mujeres cuyo cociente intelectual es más reducido que su cintura.

Habían llegado al café. Damien abrió la puerta y se echó a un lado para que ella pasara. El roce de su cuerpo contra el suyo provocó que le quemara la piel. Así que su madre estaba contenta con ella, su supuesta novia. Los dos pidieron café. Damien se reclinó en la silla y deslizó distraídamente los dedos por el asa de la taza.

–¿Y bien? –preguntó Violet, sintiéndose de pronto violenta con el silencio–. Supongo que no estamos aquí porque quieras pasar un rato conmigo. Ya hace casi dos semanas. El nuevo trimestre empieza dentro de diez días. Tu madre parece estar muy bien. ¿Me has traído aquí para decirme que el acuerdo ha terminado? –sintió un nudo en el estómago ante la perspectiva de no volver a verle.

–Cuando te dije que nuestro pequeño acuerdo terminaría en cuestión de días, no había contado con ciertas eventualidades.

–¿A qué te refieres?

–El médico está de acuerdo en que el tratamiento puede continuarse en Devon.

–Eso es una buena noticia, ¿no? Sé que tu madre está preocupada por Dominic. Habla con él todos los días por teléfono y está en contacto con sus cuidadores, pero no está acostumbrado a estar tanto tiempo sin verla.

–¿Cuándo te ha contado todo eso?

–Me ha llamado a casa un par de veces.

–No lo habías mencionado.

–No sabía que tuviera que darte un informe diario...

–Se suponía que entendías las limitaciones de lo que estamos haciendo. Se suponía que reconocías los límites. Animar a mi madre a que te llame por teléfono es salirse de ellos.

–¡Yo no la he animado a llamarme!

–Le diste tu móvil.

–Ella me lo pidió. ¿Qué se suponía que debía hacer? ¿Negarme a dárselo?

–Mi madre tiene pensado volver mañana a Devon. Allí podrá acudir al hospital local, y me aseguraré de que tenga en casa el mejor equipo médico que el dinero pueda pagar.

–Eso esta bien –Violet iba a echar de menos a Eleanor Carver. Echaría de menos la compañía de alguien tan amable e inteligente, la primera persona a la que podía considerar una sustituta de su madre desde que la suya murió–. Supongo que irás con ella.

–Así es.

–¿Y cómo te las vas a arreglar con el trabajo? Sé que me dijiste que es fácil trabajar desde fuera de la oficina, pero, ¿es así de verdad?

–Funcionará –Damien hizo una pausa y la miró fijamente–. Sin embargo, a veces la intención no basta.

–No me gustaría ser ofensiva, pero, ¿estarías dispuesto a firmar un papel para confirmar que no te vas a echar atrás en lo que prometiste?

–¿No confías en mí? –le preguntó él. Parecía estar divirtiéndose.

–Bueno, me colocaste en esta posición con tácticas poco ortodoxas...

–Recuérdame lo mucho que está disfrutando tu hermana de la soleada Ibiza –Damien decidió no seguir insistiendo en lo generoso que había sido–. Naturalmente, estaré encantado de firmar un trozo de papel confirmando que tu hermana no ingresará en prisión cuando nuestro acuerdo haya terminado.

–Pero yo pensé que ya había terminado –Violet lo miró confundida.

–Desafortunadamente, va a tener que extenderse –Damien lo dijo en un tono de voz que daba a entender que no había discusión–. Parece que la atención que le has dedicado a mi madre y vuestras charlas por teléfono la han animado a pensar que deberías acompañarme a Devon.

–¿Cómo? –exclamó ella.

–Si quieres te lo repito, pero a juzgar por tu expresión, parece que me has entendido perfectamente. Créeme, no es algo que a mí me apetezca tampoco, pero dadas las circunstancias, no tenemos mucho margen de maniobra.

–¡Claro que hay margen de maniobra! –protestó Violet enérgicamente.

–¿Quieres que le diga que la perspectiva de ir a Devon te horroriza?

–Sabes que no me refiero a eso. Yo... tengo muchísimo trabajo, debo preparar las clases antes de que empiece el colegio.

Damien esperó pacientemente mientras ella exponía el millón de asuntos que al parecer requerían urgentemente su atención en Londres antes de levantar la mano y detenerla en mitad de su discurso.

–Mi madre cree que tenerte cerca unos días mientras comienza el tratamiento le dará fuerza. Es consciente de que empiezas el colegio dentro de una semana y media –Damien sabía que no tenía más remedio que hacer exactamente lo que le pedía. En aquel acuerdo, Violet no tenía ni voz ni voto. Pero le hubiera gustado que accediera sin patalear ni protestar. ¿Tan horrible le parecía la idea? Su madre vivía en un sitio maravilloso–. No te está pidiendo que dejes tu trabajo y te sientes indefinidamente a la cabecera de su cama.

–¡Eso ya lo sé!

–Si yo soy capaz de trabajar lejos de la oficina, no entiendo por qué no puedes hacer tú lo mismo.

–Es que tengo la sensación de que esto se me está yendo de las manos.

–No te sigo.

–Ya sabes a qué me refiero, Damien –le espetó ella irritada–. Cuando acepté este acuerdo pensé que iba a tratarse solo de unos días, y ya llevamos casi dos semanas.

–La situación no está abierta a discusiones –afirmó

él con tono duro–. Cambiaste tu libertad por la de tu hermana. Es así de sencillo.

–¿Y qué pasará cuando vuelva de Devon? ¿Cuándo recuperaré mi libertad? –a Violet no le gustaba cómo sonaba. Como si no le importaran nada su madre y su recuperación. Como si lo último que deseara en el mundo fuera ayudarla cuando lo necesitaba. Y, sin embargo, aquello no era lo que habían acordado, y la idea de implicarse más profundamente con Damien y su familia le resultaba tremendamente peligrosa. ¿Cómo podía explicarlo?–. Lo siento, pero debo saber cuándo puedo recuperar la normalidad de mi vida.

Damien se inclinó hacia delante con expresión fría como el mar en invierno.

–Cuando yo recupere la mía. No contaba con que esto sucediera, pero ha sucedido y así es como vamos a actuar. Vas a ir a Devon. Vas a disfrutar de largos paseos por el campo y vas a mantener elevado el ánimo de mi madre mientras hablas con ella de plantas, flores y jardinería en general. Al final de la semana regresarás a Londres, y a partir de entonces tu presencia ya no será necesaria. Hasta que te diga que tu participación no es ya requerida, seguirás las órdenes.

Violet palideció. ¿Qué opción tenía? Damien estaba en lo cierto. Había intercambiado su libertad por la de Phillipa. Mientras su hermana llevaba una vida despreocupada en Ibiza, ella se hundía cada vez más en una ciénaga que la atrapaba. No podía moverse ni tomar ninguna decisión.

–Cuanto más me implique, más duro va a ser decirle a tu madre que...

–Eso déjamelo a mí –Damien siguió mirándola fijamente–. Hay otra razón por la que quiere que vayas a Devon. Y créeme, yo no estoy de acuerdo con ella en esto. Pero quiere que conozcas a mi hermano.

Su madre nunca supo los motivos de su ruptura con Annalise, ni tampoco comentó nunca el hecho de que después de ella no volviera a llevar a ninguna otra mujer a la hacienda de Devon. Lo último que Damien deseaba era romper aquella tradición, y menos con una mujer que estaba destinada a desaparecer en cuestión de días.

–Eso es encantador por su parte, Damien, pero no quiero implicarme con tu familia más de lo que ya estoy.

–¿Y crees que yo sí quiero? –contestó él con sequedad–. Los dos tenemos una vida esperándonos,

El hecho de que le hubieran quitado en cierto modo el control de la situación le enfurecía. Cuando su madre sugirió que llevara a Violet a Devon, Damien le dijo con dulzura pero también con firmeza que eso sería imposible. Citó motivos de trabajo, le explicó que se necesitaba mucho tiempo para preparar un nuevo semestre, algo de lo que él no estaba muy enterado, pero sobre lo que aun así se explayó a gusto. Estaba convencido de que algo así no podría ocurrir. Pensaba que su falsa novia no pondría un pie más allá de la habitación del hospital.

Su madre nunca entraba a discutir con él ni a llevarle la contraria, así que Damien no estaba preparado para que se mantuviera firme en la decisión que había tomado, y que remató preguntándole:

–¿Por qué no quieres que vaya a Devon, Damien? ¿Hay algo que yo debería saber?

Desprovisto de argumentos válidos, Damien se recuperó rápidamente y le aseguró que nada le gustaría más a Violet que ver la hacienda y conocer a Dominic.

–Necesitarás más ropa de la que tienes –le informó Damien a Violet. En lo que a él se refería, no había nada más que hablar al respecto–. Te harán falta botas de agua. Forros polares. Abrigo impermeable. Supongo que no tienes, ¿verdad? Eso me pareció. En ese caso, ve a Harrods y utiliza la cuenta de la que te hablé.

–¿Sabes qué? Estoy deseando que se acabe esta historia. Estoy deseando no tener que oír cómo me mandas y cómo me recuerdas que no estoy en posición de discutir –durante los últimos días se había creado una falsa sensación de seguridad al pensar que Damien no era tan malo como pensaba al principio. Le había visto interactuar con su madre, había escuchado cómo la tranquilizaba sin mostrar ni un atisbo de impaciencia. Había incluso empezado a sentir una extraña conexión con él–. ¿Así es como tratas tú a la gente? ¿Así es como tratas a las mujeres con las que has salido? ¿Así trataste a Annalise?

Lo dijo sin que tuviera oportunidad de contenerse. Los ojos de Damien se transformaron en dos trozos de hielo.

–¿De eso también has hablado con mi madre?

–No, por supuesto que no. No es asunto mío. Solo... me siento frustrada porque mi mundo se ha vuelto del revés.

–Lamento no sentir simpatía por tu causa –afirmó él con sequedad–. Los dos sabemos lo que está en juego aquí. Y en cuanto a Annalise, lo mejor es dejar el tema –sin apartar los ojos de ella, pidió la cuenta.

–No puedes esperar que me pase una semana con tu madre y que no sepa absolutamente nada de tu pasado –Violet aspiró con fuerza el aire antes de continuar–. ¿Qué esperas que le diga cuando hable de ti? En Devon va a ser distinto. Pasaremos mucho más tiempo juntas. Tu madre ya la ha mencionado una vez, sin duda volverá a hacerlo. ¿Qué se supone que debo decir? ¿Que no hablamos de cosas personales? ¿Qué clase de relación se supone que tenemos si no hablamos de nada personal?

Violet se lo quedó mirando con creciente frustración. Cuanto más se alargaba el silencio, más se enfadaba ella. Aunque él fuera quien manejaba los hilos y ella fuera la marioneta, había límites a la hora de tirar de la cuerda. Imaginó largas y amistosas conversaciones con su madre en las que solo podría responder a cualquier pregunta con un rictus mientras pensaba en cómo salir de la situación. Se vería condenada a seguir mintiendo solo porque Damien era demasiado arrogante como para darle algunas claves sobre su pasado.

–No me importa lo que pasara entre vosotros. Solo quiero aparentar que sé de lo que tu madre está hablando si sale el nombre en alguna conversación. ¿Por qué eres tan reservado?

A Damien le indignó que se atreviera a lanzarle semejante ataque. Por supuesto, una parte de él entendía la lógica de lo que Violet le estaba diciendo. El tiempo sin reloj que pasara con su madre frente a la chimenea sería muy distinto a las visitas más o menos supervisadas durante las horas permitidas en el hospital. Las mujeres hablaban, y seguramente él no podría estar presente en todas las conversaciones. Pero aparte de eso, la crítica implícita en el tono de voz de Violet le molestaba.

Una vez pagada la cuenta, se levantó y esperó a que ella se pusiera también de pie.

–¿No vas a decir nada? –Violet le tocó el brazo con la mano–. De acuerdo, así que has salido con muchas mujeres. Ya está.

–Iba a casarme con ella –Damien apretó los dientes.

Violet dejó caer la mano y lo miró en estupefacto silencio. No se lo imaginaba estando tan unido a una mujer como para pedirle su mano. Le parecía más bien un solitario... no, más que eso. Había algo remoto y distante en él que no casaba con la idea de estar enamorado. Y sin embargo lo había estado. Violet estaba impactada, aunque no entendía muy bien por qué.

–¿Qué pasó? –habían salido y se dirigían de regreso al hospital. Su preocupación por ir a Devon había quedado temporalmente desplazada por la impactante revelación de Damien.

Él se detuvo y la miró.

–Lo que pasó fue que no funcionó. No le conté a mi madre los detalles, ni tampoco pretendo hacerlo contigo. ¿Alguna otra información que crees que debes saber antes de verte en compañía de mi madre?

–¿Cómo era? –Violet no pudo resistirse a preguntar.

En su cabeza imaginó otra supermodelo, aunque le resultaba difícil pensar que pudiera ser tan impresionante como la de la portada de la revista.

–Era una abogada brillante que después se convirtió en juez.

Bueno, aquello lo decía todo, pensó Violet. Y también explicaba muchas cosas. Como por qué un hombre tan inteligente escogía salir con mujeres que no le ofrecían ningún reto intelectual. Por qué su interés en el sexo opuesto empezaba y terminaba en la cama. Por qué nunca se había vuelto a comprometer en una relación. Le habían rechazado y todavía tenía las cicatrices. Sintió una punzada de envidia por aquella mujer que ejercía tal poder sobre él. ¿Seguiría en contacto con ella? ¿La amaba todavía?

–¿Y te cruzas con ella alguna vez? Londres es pequeño.

–Ha terminado el turno de preguntas, Violet. Ya tienes suficiente información sobre el tema.

Damien apretó los labios al pensar en Annalise. Seguía entre bambalinas, seguía imaginado que era el amor de su vida. Pero a él no le importaba. A lo largo de los años, se había cruzado con ella con tediosa y sospechosa regularidad. Se la encontraba en actos sociales exclusivos, siempre atenta a la pareja con la que Damien aparecía y siempre dispuesta a ponerle al día sobre su carrera profesional. Él nunca la evitaba porque así le servía como recordatorio de su error. Era la curva cuyo trazado peligroso no debía olvidar nunca.

Violet le vio apretar las mandíbulas y sacó sus propias e inevitables conclusiones. Había estado enamorado de una mujer muy inteligente, alguien acorde a él que había rechazado su proposición matrimonial. Alguien como Damien no podría olvidar un rechazo así. Había encontrado a la mujer perfecta para él, y al ver que no funcionaba, había renunciado a buscar otra.

Puede que lo que tenían fuera solo un acuerdo, pero todas las relaciones de Damien con las mujeres después de Annalise habían sido acuerdos. Era lo único que podía alcanzar él.

–Conseguiré ropa adecuada –accedió Violet–. Y tú puedes mandarme un mensaje con la información del viaje. Pero cuando acabe la semana, todo habrá terminado para mí. No puedo seguir engañando a tu madre.

–A finales de semana creo que ya habrás jugado tu

parte y te garantizaré oficialmente que tu hermana es libre.

–Estoy deseando que llegue ese momento –afirmó Violet sin ser completamente sincera.

Capítulo 5

LA CASA que recibió a Violet la noche siguiente parecía sacada de un cuento de hadas. El traslado de Eleanor se había hecho a toda prisa. Sus circunstancias eran especiales, ya que era la cuidadora principal de Dominic, y Damien, gracias a sus recursos económicos, se había encargado de acelerar el proceso.

En el coche, Violet había alternado momentos de charla banal para romper el silencio con largos periodos de reflexión respecto a la tarea que tenía entre manos, que al parecer se le estaba yendo de control.

Iba de viaje con un desconocido a un destino desconocido, apartado de todo lo que le era familiar, y tendría que pasar los próximos días fingiendo ser quien no era. Si hubiera sabido lo que implicaba aquel acuerdo, ¿se habría embarcado en él? Lamentablemente, sí, pero saberlo no impedía que se sintiera como un cordero a punto de ser degollado mientras el poderoso coche avanzaba por la carretera tragando millas y alejándola cada vez más de su zona de confort.

Mientras Phillipa se tomaba un descanso en Ibiza, haciendo poco más que servir tapas en un chiringuito, ella estaba allí, cada vez más sumida en aquellas arenas movedizas para que su hermana pudiera seguir disfrutando de la vida sin tener que pagar por los errores que había cometido.

–Tal vez debería ir a la cárcel –dijo Violet de pronto.

Damien la miró de reojo.

Estaba atrapada haciendo exactamente lo que él quería que hiciera, y podía sentir la rigidez de su cuerpo. Preferiría estar en cualquier lugar del mundo antes que allí sentada en su coche con él. Damien lo podía entender, por supuesto. Más o menos. Después de todo, ¿quién quería ser prisionero de una situación que no había buscado, pagar por un delito que no había cometido? Y, sin embargo, ¿tan desagradable era su compañía que le resultaba literalmente imposible sacar el mejor partido de la situación? Estaba tan pegada a la puerta del copiloto que Damien temió que se cayera. Por suerte las puertas estaban cerradas y llevaba puesto el cinturón de seguridad.

–No lo dices en serio –afirmó con voz pausada.

–Si no fuera por Phillipa no estaría ahora aquí.

–Pero lo estás, y no tiene sentido lamentarse por ello. Deja de actuar como si te estuvieran llevando a la cámara de tortura. No es así. La hacienda de mi madre es un lugar muy relajante para pasar unos días.

–No va a ser una situación relajante. No me siento relajada cuando te tengo cerca.

Cuando pensaba en la idea de verle durante horas, de comer y cenar con él, de verse sumergida en su presencia sin posibilidad de escape, una profunda sensación de pánico se apoderaba de ella.

Sin previo aviso, Damien sacó el coche de la carretera. Estaban a media hora de la casa y las carreteras se iban vaciando de coches a medida que se acercaban a la hacienda.

–¿Qué haces? –preguntó Violet con recelo cuando Damien apagó el motor y se reclinó en un ángulo de modo que la miraba directamente.

En la penumbra del coche, con la noche cayendo rápidamente sobre ellos, sintió cómo se le formaba un nudo en la garganta.

–Así que no te sientes relajada conmigo cerca. Dime por qué. Sácatelo del pecho antes de que lleguemos. De acuerdo, no estás aquí por voluntad propia, pero no tiene sentido lamentarse. Las cosas son así. ¿No te has visto nunca en situación de tener que apretar los dientes y tirar para adelante?

–¡Claro que sí!

–Entonces dime en qué se diferencia esto.

–Tú... tú me das miedo, Damien. No eres como los demás. No tienes sentimientos. Eres... eres muy frío.

–Tiene gracia. Ninguna mujer había utilizado nunca la palabra «frío» para describirme.

A Violet se le aceleró el pulso.

–No me refiero a... a cómo eres en la cama con las mujeres.

–¿Te gustaría probarlo?

–¡No!

–Entonces, ¿qué te parece si te ayudo a relajarte?

Violet experimentó un escalofrío en la espina dorsal. Tuvo una imagen vivida de Damien relajándola, tocándola, provocando que el cuerpo se le derritiera hasta quedar convertida en una muñeca de trapo. ¿Sería aquella la razón por la que estaba tan aterrorizada? ¿No sería que le daba más miedo estar a solas con él que interpretar un papel?

No parecía importar que fuera frío y emocionalmente ausente. Una parte de ella respondía a él de un modo sorprendente.

Podía sentir el lánguido observar de su mirada clavada en ella, y lamentó haberse embarcado en aquella conversación.

–Solo estoy nerviosa –murmuró en un intento de recuperar la compostura–. Supongo que cuando lleguemos ya estaré bien.

–Inténtalo un poco más y tal vez me convenzas. Te llevas bien con mi madre. ¿Se trata de Dominic? –tenía que preguntarlo. No se había visto en aquella posición desde hacía mucho tiempo. No había vuelto a llevar a nadie a Devon, se había prometido no volver a ponerse en posición de tener que presenciar una reacción negativa hacia su hermano. Pero aquella era una situación inevitable y sintió cómo sus defensas le rodeaban como un muro de acero.

–¿De qué estás hablando? –Violet parecía desconcertada de verdad.

–Hay personas que no se sienten cómodas con los discapacitados. ¿Por eso estás tan nerviosa?

–¡No!

–¿Estás segura, Violet? Porque a mí me conoces, y a mi madre también. El único factor desconocido en la ecuación es Dominic.

–Estoy deseando conocer a tu hermano, Damien. La única persona que me hace sentir incómoda eres tú –aquella era la primera vez que reconocía el efecto que provocaba en ella. Lo miró a la defensiva, sintiéndose furiosa y vulnerable al mismo tiempo al mirarlo a los ojos.

De pronto, y a un nivel profundo, Damien pudo sentir la repentina tensión sexual en el aire. Las palabras de Violet podían decir una cosa, pero su jadear, el modo en que lo miraba y la manera de apretar los puños indicaban otra.

Esbozó una sonrisa triunfal. Había reconocido en silencio la inesperada atracción que Violet ejercía sobre él, pero también había decidido que en este caso tenía que mantener las distancias.

Sin embargo, iban a estar juntos en Devon y, como un experto depredador, podía oler el aroma de la atracción sexual que Violet sentía hacia él. Estaba asustada como un gatito, y no era debido a la perspectiva de pasar una semana en compañía de su madre, ni tampoco por su hermano.

Se tomó su tiempo para mirarla antes de darse la vuelta con un ligero encogimiento de hombros. Giró la llave en el contacto. La presencia de Violet a su lado durante el resto del trayecto tuvo un efecto afrodisíaco, potente y embriagador.

El camino que llevaba a la casa principal estaba flanqueado por árboles, y se accedía a él por unas puertas de hierro que Damien no recordaba haber visto nunca cerradas. Llevaba sin ir a la hacienda más tiempo del que quería pensar, así que la familiar sensación de responsabilidad que le invadía cada vez que estaba allí le pilló un tanto desprevenido. Tener un hermano discapacitado implicaba que su libertad estaba limitada. Siempre había sabido que algún día, tarde o temprano, tendría que llevar la carga que dejaran sus padres. ¿Se había resentido alguna vez de aquel hecho? Creía que no, aunque debía admitir que sentía cierto remordimiento por no haberse implicado más pronto.

No era de extrañar que su madre se sintiera tan angustiada cuando le diagnosticaron la enfermedad. Temía dejar atrás una unidad familiar rota por las costuras. Damien tenía mucho trabajo por delante para convencerla de que no era así.

–Qué sitio tan maravilloso –murmuró Violet cuando se reveló ante ellos la mansión, gloriosamente iluminada en la noche–. ¿Cómo fue crecer aquí?

–Mis padres se mudaron cuando mi abuelo murió, y para entonces yo era ya adolescente. Antes de eso vivíamos en la cabaña que compraron mis padres cuando se casaron.

–Debió parecerte enorme después de vivir en una cabaña.

–Cuando vives en una casa de este tamaño te acostumbras enseguida al espacio –así había sido. Se había perdido en ella en un intento de escapar. ¿Habría entendido su madre su necesidad de escape?

Pero no quería llevarse por aquellas reflexiones. Damien frunció el ceño al llegar a la gran entrada circular. La casa estaba iluminada como un árbol de Navidad, y apenas acababan de salir del coche con las maletas cuando se abrió la puerta de entrada y Anne, el ama de llaves que estaba con la familia desde tiempos inmemoriales, los saludó con la mano para que entraran.

Violet se preguntó cuál iba a ser su papel allí. Cuando se sentaba en la cabecera de la cama en el hospital, sabía qué hacer, y el ambiente aséptico la había liberado de la necesidad de tratar de actuar como una amante loca de amor. Unas cuantas caricias por parte de Damien habían bastado.

Pero ahora se adentraba en un lugar sin guía. Entraron en el vestíbulo más grandioso que Violet había visto en su vida. Los techos parecían tan altos e impresionantes como los de una catedral. La alfombra persa de seda tenía el lustre de un objeto antiguo. La escalera de caracol era oscura y estaba muy pulida. Era una casa de campo elegante a gran escala.

El ama de llaves charlaba animadamente mientras los guiaba por el vestíbulo a través de un gran número de habitaciones y corredores.

–Su madre está descansando. Bajará con Dominic a cenar. La cena se servirá a las siete, pero antes tomarán una copa en la sala. Le han instalado en el dormitorio azul, señor Damien. George subirá las maletas.

Violet miró de reojo a Damien, asombrada por su indiferencia. Apenas miraba a su alrededor. ¿Cómo era posible que hubiera dicho que una persona podía acostumbrarse a una casa de aquel tamaño? Le había presentado a Anne como su novia, y ahora, como si Damien hubiera recordado de pronto que iba caminando a su lado, le pasó el brazo por el hombro mientras el ama de llaves los guiaba antes de desaparecer por alguno de los pasillos de la enorme mansión familiar.

Entonces Damien dejó caer el brazo y se dirigió a una escalera ancha en la que Violet no se había fijado con anterioridad.

–Es una casa preciosa.

–Demasiado grande para mi madre y para Dominic, sobre todo porque la tierra ya no se trabaja –Damien iba delante de ella, dándole todavía vueltas a su pesar a los inesperados pensamientos que le habían asaltado en el coche, a la desagradable idea de que la enorme casa había sido su excusa para apartarse de su hermano.

Nunca había pensado mucho en la relación que tenía con Dominic. ¿Se sentía ahora algo culpable debido a las circunstancias? ¿Se había ocultado del dolor que Annalise le había causado al rechazar a su hermano apartándose todavía más de Dominic? Debería haber estado más tiempo en la hacienda, sobre todo ahora que su madre se hacía mayor.

–Sería una lástima venderla. Apuesto a que pertenece a tu familia desde hace varias generaciones –Violet apenas fue consciente del dormitorio hasta que se abrió la puerta de par en par y lo primero que la asaltó fue la visión de una enorme cama con dosel sobre la que habían colocado ordenadamente el equipaje de ambos.

Damien entró con seguridad y miró distraídamente por la ventana, pero ella se quedó atrás.

–¿Y bien? –Damien detuvo sus errantes pensamientos y se centró en ella.

–¿Por qué están aquí las maletas de los dos? –preguntó Violet con brusquedad.

Ya conocía la respuesta, pero no quería enfrentarse a ella. No había pensado mucho en los detalles de su estancia. De un modo vago y generalizado, imaginó incómodos encuentros mano a mano con Damien y farsas con su madre, además de comidas forzadas en las que estaría bajo escrutinio y se vería obligada a sonreír apretando los dientes.

No había imaginado el escenario. No pensó en la posibilidad de que la feliz pareja compartiera dormitorio. Dio por hecho que eso no ocurriría porque Eleanor pertenecía a una generación que aborrecía la idea de la cohabitación bajo su techo. Eleanor era tradicional, una viuda que todavía llevaba con orgullo el anillo de boda y que se quejaba de la juventud actual.

–Porque aquí es donde vamos a dormir –respondió Damien con la misma brusquedad.

–¡No puedo dormir en la misma habitación que tú! No sabía que esto formara parte del acuerdo.

–Lo siento, pero no tienes opción –Damien empezó a desabrocharse la camisa, el preludio antes de darse una ducha.

Violet no pudo evitar mirar hacia la franja de pecho que iba exponiendo centímetro a centímetro. Apartó al instante la vista, pero, aunque la tenía fijada en su rostro, todavía podía verlo desabrocharse los botones hasta que la camisa quedó completamente abierta. En ese momento se aclaró la garganta y miró a la puerta.

–Debe haber otra habitación en la que pueda instalarme. Esta casa es enorme.

–Oh, hay cientos de habitaciones –afirmó Damien con despreocupación–. Pero no te alojarás en ninguna de ellas. Son solo unos días y mi madre nos ha puesto juntos. No creo que se trague el cuento de que vamos a mantenernos célibes hasta el día de la boda –se quitó la camisa y se dirigió hacia la maleta que tenía encima de la cama, abriéndola sin mirar a Violet–. Apenas tenemos una hora antes de bajar a tomar esa copa. A mi madre le gustan las formalidades en la cena. Forma parte de su idiosincrasia. ¿Quieres usar primero el baño o paso yo?

Violet odiaba aquel tono de voz. Parecía como si Damien no quisiera tomarse siquiera la molestia de tener en cuenta sus preocupaciones. Estaba acostumbrado a compartir cama con mujeres, pensó con un arrebato de furia impotente. Pero en su caso era distinto. ¿De verdad creía que iba a ser capaz de tumbarse a su lado y fingir que estaba sola? La cama era muy grande, pero la idea de moverse accidentalmente por la noche y chocar contra él bastaba para marearla.

–Odio esto –susurró sintiendo cómo desaparecía su último rastro de dignidad–. Vas a tener que dormir en el sofá.

Damien miró la *chaise longue* que había al lado de la ventana y se preguntó si estaba hablando en serio.

–Mido un metro noventa y tres. ¿Qué sugieres que haga con los pies? –alzó las cejas y observó cómo Violet trataba de encontrar una respuesta adecuada–.

He estado horas conduciendo. Me voy a dar una ducha. Y ni se te ocurra ir a buscar otro dormitorio.

Y dicho aquello, desapareció en el interior del baño dejando a Violet batallando con el pánico mientras miraba su maleta en la cama. Todo en el dormitorio parecía diseñado para provocar un síncope, desde la enorme cama hasta las gruesas cortinas que sin duda podrían bloquear por completo la luz del sol y provocar una atmósfera íntima.

Atrapada en sus ensoñaciones, casi olvidó que Damien estaba en la ducha hasta que escuchó cómo dejaba de sonar el agua. En aquel momento corrió hacia su maleta, sacó algo de ropa y se quedó mirando por la ventana dando la espalda al cuarto de baño.

Escuchó el clic de la puerta al abrirse y luego se quedó paralizada cuando la voz de Damien le susurró al oído:

–Puedes mirar. Estoy decentemente cubierto. Cualquiera diría que eres una adolescente a la que nunca han besado.

Damien se reía cuando Violet apartó la mirada de sus pies desnudos y la alzó para descubrir que solo llevaba unos boxers y la camisa, que se estaba abrochando con parsimonia.

Si eso era lo que él consideraba «decentemente vestido», le dieron ganas de preguntarle qué cabía esperar cuando se apagaran las luces.

–Me encontraré contigo abajo –le dijo ella con frialdad.

Damien volvió a reírse.

–No sabrías dónde ir –aseguró.

Violet estaba sonrojada. El pelo, que había empezado el viaje recogido en la nuca, estaba ahora despeinado. Damien sintió que su humor comenzaba a mejorar.

–Necesitarías un mapa para encontrar tu camino en esta casa, al menos al principio –abrió un armario en el que tenía ropa recién lavada y planchada esperándole.

Una vez más, Violet apartó la mirada mientras él sacaba unos pantalones de la percha. Se dirigió de espaldas hacia la puerta, pero Damien no la estaba mirando.

Dios santo, tenía que recuperar la compostura si quería sobrevivir a su breve estancia en aquel lugar. No podía sucumbir a los ataques de pánico cada vez que estaban a solas. Ni siquiera la estaba mirando. Si Damien podía mostrarse tan indiferente a su presencia, entonces ella seguiría su ejemplo y todo sería más fácil. Dos adultos compartiendo dormitorio no era un evento tan singular, se dijo una vez en el baño.

Se tomó su tiempo. Había comprado un par de vestidos para no tener que estar todo el día con vaqueros y sudaderas. Este vestido, que era de lana azul marino y media manga, era ajustado, aunque no podía ver cuánto porque no había espejo de cuerpo entero. Tampoco podía hacer mucho por el maquillaje porque el espejo ornamental que había encima del lavabo de doble seno estaba cubierto de vaho. Sabía que no podía hacer con el pelo nada más que dejárselo suelto. Tenía los rizos descontrolados. Se apartó con impaciencia algunos mechones de la cara antes de aspirar con fuerza el aire y abrir la puerta del baño.

Damien estaba tumbado en la cama. Era la imagen del señor del castillo esperando a que apareciera su hembra. Tenía los pantalones puestos y la cremallera subida, pero Violet se fijó en que el botón no estaba abrochado. Llevaba un suéter gris oscuro de manga larga, así que no había forma de escapar a las largas y duras líneas de su cuerpo.

Con la cabeza apoyada en un brazo, Damien la observó taciturno. Era la primera vez que la veía con un vestido ajustado. Más que eso, se le agarraba. Se agarraba a unas curvas situadas en el lugar justo y señalaban unos senos que tal vez no funcionarían en una pasarela, pero desde luego funcionaban en cualquier otro sitio. Damien se olvidó de la tensión y de las preocupaciones respecto a su hermano. Qué diablos, se olvidó de todo mientras le recorría el cuerpo con la mirada y sintió el tirón de una erección. Lo que le llevó a incorporarse al instante.

Violet se estaba pasando la mano por el pelo, torciendo el gesto mientras trataba de aflojar un nudo. Luego, sin decir una palabra, se acercó a la maleta y sacó unos zapatos de tacón que se puso dándole la espalda.

–Ya estoy lista –se pasó una mano nerviosamente por el vestido. No estaba acostumbrada a vestirse así. Siempre había preferido los vestidos anchos–. Espero... estar bien –se sintió mortificada al escucharse decir aquello, y más todavía cuando él la miró con deliberada lentitud de arriba abajo mientras se ponía el reloj.

–Estás bien. ¿Vestido nuevo?

–Te lo puedo devolver cuando haya terminado esta farsa.

–¿Y qué harás con él?

–No quiero que pienses que espero algo más de ti aparte de la libertad de mi hermana.

–El martirio siempre me ha parecido algo irritante.

Violet iba echando humo mientras bajaban las escaleras. Damien le hizo un breve resumen de la historia de la casa y de la tierra que la rodeaba. Violet se ablandó. A su pesar, le gustaba la idea de que un italiano desconocido hubiera ido a vivir allí y luego sus hijos hubieran heredado la casa.

Cuando por fin estuvieron en el salón y les sirvieron las bebidas, Violet se relajó un poco, y más todavía cuando Eleanor llegó acompañada de Dominic y de una joven que se marchó discretamente tras dejarla instalada en una silla al lado de la chimenea.

Violet se olvidó de Damien. Sabía que debía esforzarse por representar el papel de novia entregada, pero se quedó atrapada por Eleanor y Dominic. Ya le habían advertido sobre la discapacidad. Pero no le habían dicho que aunque se movía en silla de ruedas, aunque a veces no se le entendía bien ni sus movimientos fueran un poco incontrolados, Dominic era inteligente, divertido y tímido.

Se sentó muy cerca de él mientras bebía una copa de vino y se inclinaba para entender todo lo que le decía mientras Damien y su madre mantenían una conversación de la que le llegaban algunos fragmentos. La necesidad de pensar en vender la casa. La dificultad de subir tantas escaleras aunque llegara a recuperarse del todo. La ventaja de estar más cerca de la civilización, de los médicos y el hospital.

Cuando estuvieron sentados a la mesa para cenar, una cuidadora ayudó a Dominic a comer mientras Eleanor protestaba y explicaba que era ella la que se encargaba de aquella tarea.

–Soy un manipulador –afirmó Dominic.

Violet se rio y miró a Damien, que estaba sentado frente a ella.

–Igual que tu hermano –bromeó. Y al instante se sonrojó al ver que Damien la miraba y sonreía de un modo apreciativo. El pulso se le aceleró.

Después de aquello, fue consciente de cada pequeño movimiento que hacía, de cada palabra que salía por su boca, aunque pareciera que estaba atenta a otra cosa. Era consciente de la calidad de la comida y del hecho de que la estaban tratando como a una invitada de honor. A pesar de lo que Damien había dicho, Eleanor se dejaba de formalidades cuando solo estaban Dominic, ella y la maravillosa joven que la ayudaba con su hijo. Entonces comían en la cocina y era el ama de llaves quien preparaba la comida.

–Y mi hijo lo sabría si nos visitara con más frecuencia –afirmó Eleanor con aspereza–. Tal vez te puedas tomar como una misión sacarle de Londres y de su interminable carga de trabajo.

A Damien le impresionó lo bien que se tomó el incómodo comentario, que implicaba un futuro que no estaba en las cartas. Se dio cuenta del modo en que se comunicaba con Dominic. Con sencillez, sin prepotencia ni condescendencia.

Mientras se tomaba el café que le habían servido, empezó a comparar mentalmente sus respuestas a las de Annalise, pero atajó aquel ejercicio antes de que echara raíces.

Sabía que aquellas comparaciones eran completamente inapropiadas. Dicho aquello, cuando su madre y Dominic se retiraron a descansar y estuvieron otra vez en las escaleras, le dijo en un susurro:

–Muy bien.

–¿Perdona? –Violet lamentó que la velada no hubiera durado un poco más, porque ahora se enfrentaba a la perspectiva de compartir dormitorio con él. Estaba claro que Damien no iba a dormir en el sofá. Ella podía intentarlo, pero dormía tan profundamente que le daba miedo caerse.

–Tu actuación de esta noche. Ha estado muy bien.

–No estaba actuando –ahora estaban en la puerta del dormitorio, y Violet permaneció atrás mientras él la abría y la dejaba pasar–. Me cae bien tu madre, y tu hermano es increíble.

Damien empezó a retirar la ornamental colcha que había sobre la cama y la dejó en una esquina de la habitación. Luego empezó a desabrocharse la camisa con los ojos clavados en ella.

¿Por qué no podía buscarse otro sitio para dormir, o buscárselo a ella? Sin duda en una mansión de aquel tamaño podrían dormir en habitaciones separadas sin que todo el mundo se enterara. ¿Por qué la colocaba en aquella posición?

La furia y la impotencia provocaron que le ardieran los ojos. Se agarró a aquella ira como a una tabla salvavidas.

–Entiendo que tu madre se preocupara tanto por Dominic cuando a ella le diagnosticaron el cáncer –Violet se arrepintió al instante de aquellas palabras.

Damien se quedó paralizado.

–¿Cómo dices?

–Nada –murmuró ella.

Damien avanzó hacia ella con aspecto amenazante, y Violet se mantuvo en su sitio con obcecación.

–Si tienes algo que decir, hazlo. Pero no empieces algo si no tienes intención de llevarlo hasta el final.

–Bueno, no parece que te comuniques de verdad con él. Se lo dejas todo a tu madre. Os escuché hablar de vender la casa, pero a Dominic no le dijiste nada, y eso que a él le afecta también.

Damien la miró con fría furia. ¿Habría oído bien? ¿Estaba de verdad criticando su comportamiento? La rabia se apoderó de él.

–Así que no me comunico con él... –fue lo único que salió de sus incrédulos labios.

–Hablas cerca de él y por encima de él, y cuando te diriges a él no esperas en realidad una respuesta.

–No puedo creer lo que estoy oyendo.

–Nadie te dice las cosas como son, Damien.

–¿Y qué te hace pensar que tú estás en posición de hacerlo? –vio cómo Violet bajaba la mirada–. Tal vez esto te resulte cruel, pero te estás metiendo donde no te llaman.

¿Cuándo había dejado de escuchar a su hermano? ¿Fue cuando se mudaron a la hacienda, cuando el espacio acabó con la necesidad de una cercanía física? ¿Habría tratado egoístamente de protegerse alejándose?

–Lo sé –afirmó Violet desafiante–, pero no puedes pretender que venga aquí y no tenga ninguna opinión sobre la gente que conozca. Y además, ¿qué tengo que perder diciéndote la verdad? Cuando me marche de aquí, no volveré a verte. Y tal vez sea hora de que alguien te diga las cosas a la cara.

Los ojos de Damien la miraron con una frialdad vacía.

–Creo que voy a bajar a trabajar un poco –Damien se apartó de ella y se acercó al ordenador que había dejado en la cómoda.

Violet se sintió tentada a disculparse por haber cruzado la línea.

–No me esperes levantada –le dijo él con sarcasmo al salir.

Capítulo 6

CUANDO Damien había considerado el reto de acallar los miedos de su madre y que no pensara que no sería capaz de cuidar de Dominic en su ausencia, imaginó una solución mucho más directa.

Se tomaría unas vacaciones del trabajo para venir a Devon. Despediría a Violet tras su semana allí y asumiría el papel de hijo y hermano responsable. ¿Tan difícil sería? Tal vez hubiera descuidado un poco sus deberes en los últimos años, pero no era por falta de devoción hacia su familia. Su trabajo era testimonio de su dedicación. A ellos no les faltaba de nada. Su hermano tenía los mejores cuidados que el dinero podía comprar. Su madre contaba con ayuda en todos los frentes, tanto en el jardín como en la casa.

Desgraciadamente, en aquel momento le estaba costando alcanzar un éxito rápido.

Se ajustó la corbata, se pasó los dedos por el pelo y luego vaciló. Sabía que Violet estaría encantada de reunirse con él en el salón. Después de cinco días, conocía la casa mejor que él. Cada vez estaba más unida a su familia. Su madre y ella parecían haberse convertido en las mejores amigas. Desde el despacho que había improvisado en la biblioteca del piso de abajo tenía una visión clara del jardín de atrás y las había visto allí paseando despacio bajo el frío y charlando. ¿Sobre qué? Se lo había preguntado a Violet un par de días atrás y ella se había encogido de hombros. Y Damien decidió no insistir. Desde que Violet decidió que tenía derecho a decir lo que pensaba, había rechazado todos los intentos de relajar la tirante atmósfera que había entre ellos. Cuando había gente se mostraba amable y sonriente. En cuanto volvían a quedarse solos le trataba con frialdad a pesar de que él había decidido magnánimamente pasar por alto sus críticas.

Acercó la silla a la ventana y se sentó. Eran las seis y media de la tarde, y la estancia estaba imbuida del tono ámbar y dorado del atardecer tras un día particularmente soleado. Dentro de una hora saldrían a comer a un restaurante cercano. Aquello no había sido cosa de él. Habría preferido comer en casa, relajarse diez minutos y luego retirarse para contestar a sus correos electrónicos. Pero su madre lo había sugerido para no pensar en el tratamiento que iba a empezar el fin de semana.

O tal vez lo hubiera sugerido Violet, pensó. ¿Quién podía saberlo? Recordó los acontecimientos de los días anteriores. El modo tan inteligente en que había conectado con Dominic, implicándole en la preparación de las clases de plástica. Su madre le había confesado en un aparte que nunca había visto a Dominic tan relajado con nadie.

–Ya sabes lo receloso que es con la gente que no conoce –había murmurado ella.

Lo cierto era que no, no lo sabía. Lo que le recordaba lo que Violet le había dicho sobre su comunicación con su hermano.

Damien torció el gesto y alzó la vista cuando se abrió lentamente la puerta del baño. Sumida en sus pensamientos, con una toalla a modo de turbante sobre el pelo recién lavado y con otra alrededor del cuerpo que apenas le cubría los senos y los muslos, Violet no esperaba verle ahí. De hecho no se dio cuenta de que estaba sentado en una silla en la esquina más lejana de la habitación.

Violet estaba pensando en los últimos días. Tener una visión de Damien y su relación con su familia había sido el catalizador de lo que más quería evitar, que era implicarse. Le había dicho lo que pensaba de la relación que tenía con su hermano, y al hacerlo había abierto una puerta nueva. Su intención no era tener ninguna opinión, solo quería cumplir con su parte del trato y luego volver a su vida. Pero se estaba implicando demasiado, y no sabía dónde la llevaría aquello.

Damien apenas la hablaba. Se comunicaban cuando había gente delante, pero cuando estaban a solas desaparecía la función y él se metía en su despacho, del que solo salía cuando ella ya estaba dormida.

La cama que al principio le había producido pánico por el temor de moverse y rozarse con él había resultado ser tan segura como un cinturón de castidad. No se enteraba de cuándo entraba Damien en el cuarto porque se dormía al instante, ni tampoco le oía salir por la mañana porque seguía dormida.

Se quitó la toalla de la cabeza y se sacudió el pelo. Luego se dirigió a la puerta del dormitorio y la cerró con pestillo por si acaso, aunque seguramente Damien estaría ya abajo.

Su mente abandonó sus preocupaciones y se centró en Damien. Ya no luchaba contra el modo en que se había infiltrado en su mente. Un pensamiento fugaz y de pronto se abrían las compuertas y se perdía en imágenes de él. Era como si las conexiones de su cerebro estuvieran decididas a desobedecer las órdenes que se les daba y se dedicaran a convertir a Damien en protagonista absoluto.

Sin mirar siquiera hacia él, era muy consciente de todo lo que hacía y decía. No tenía necesidad de mirarlo porque con el ojo de la mente era capaz de ver su aspecto, sus expresiones, el modo en que inclinaba la cabeza hacia un lado.

Había dejado de insistirle a su madre en la necesidad de vender la casa. Había empezado a hacerle preguntas cotidianas, como qué estaba leyendo o los comités en los que participaba en el pueblo.

Sus conversaciones con Dominic ya no consistían en unas cuantas palabras educadas, una palmadita en el hombro y la atención puesta en otro foco. En la cena del día anterior, Violet había oído cómo le hablaba a su hermano de los problemas que le habían surgido con uno de sus socios.

Violet hubiera preferido no fijarse en aquellos detalles, le habría gustado que Damien siguiera siendo el malvado unidimensional que no era capaz de hablar con ella cuando se quedaban a solas. No quería salir de aquella casa preguntándose cómo les iría a todos el resto de su vida. Quería ser capaz de sacárselos de la cabeza, pero cuanto más se implicaba con ellos, más difícil sabía que le resultaría.

Frunciendo el ceño, dejó caer la toalla al suelo y se dirigió al armario. Sentía el pelo mojado en la espalda, así que se levantó la melena con una mano, y en aquel instante le vio.

Durante unos segundos pensó que sus ojos la estaban engañando. Se quedó paralizada con el brazo todavía sujetando el pelo. Su cerebro se negaba a asumir que Damien no estaba abajo, que estaba allí viendo su cuerpo completamente desnudo. Cuando por fin lo aceptó, soltó un grito de terror y agarró la toalla que se había quitado. Se la recolocó en el cuerpo temblando como una hoja.

–¿Qué estás haciendo aquí? –se dirigió de espaldas a la puerta del cuarto de baño, pero antes de que pudiera llegar a él, Damien se colocó frente a ella cortándole el paso.

Por primera vez en su vida, Damien se quedó sin palabras. La visión de treinta segundos de su cuerpo le había disparado la líbido. Sentía dolor físico y tuvo que hacer un esfuerzo por regresar al planeta tierra. La toalla blanca estaba otra vez en su sitio, sujeta con firmeza con los puños, pero con la mente él seguía viendo las voluptuosas curvas de su cuerpo.

Se había preguntado alguna vez distraídamente cómo sería Violet bajo los vestidos, los vaqueros y las sudaderas. Cada vez que entraba en el dormitorio se la encontraba dormida, con las sábanas subidas hasta el cuello, como si incluso en sueños estuviera decidida a asegurarse de que se mantuviera alejado de ella.

Nada le había preparado para la impactante sexualidad de sus curvas. Sus senos, lejos del constreñimiento del sujetador, eran de lo más generosos. Tenía los pezones grandes, rosados y provocativamente erectos y el estómago plano. Cualquier intento de negación quedó destruido al instante. Su sentido común, el que le decía que no debía implicarse con una mujer que desaparecería en cualquier momento de su vida, se esfumó con el humo.

–Tienes que irte –murmuró Violet con voz temblorosa–. Quiero vestirme –no podía mirarlo a la cara. El cuerpo le ardía. A pesar de tener la toalla bien colocada, todavía sentía como si estuviera desnuda.

–Quería hablar contigo.

–Podemos hablar luego. Dominic y tu madre...

–No les importará esperarnos unos minutos.

Estaba frente a ella, implacable y sólido como un muro de granito. Violet fue dolorosamente consciente de que se le había acelerado el pulso y de que tenía un calor líquido entre las piernas. El silencio se hizo más y más largo.

–Tengo que vestirme –dijo finalmente.

Damien se echó a un lado.

Ahora que había abandonado la ilusión de no meterse en líos y no dejarse llevar por una atracción que parecía tener vida propia, podía sentir una excitación perversa y oscura. La expectación era un poderoso afrodisíaco.

–Por supuesto –murmuró dando un paso atrás–. Hablaremos más tarde.

Violet se dio cuenta de que estaba conteniendo el aliento cuando se apoyó contra la puerta cerrada del baño. Tenía la respiración agitada. ¿De qué quería hablar con ella? Había escuchado cómo se cerraba la puerta del dormitorio cuando Damien salió, pero esperó un poco antes de asomar la cabeza para asegurarse de que se había ido.

Quería borrar de su mente la imagen de Damien sentado en aquella silla, mirándola cuando se quitó la toalla. Pero no desaparecía de su cabeza mientras se vestía ni cuando se reunió con ellos en el salón.

¿Qué habría pensado de ella? ¿Le habría resultado repulsiva la visión de su cuerpo, que no era delgado como el de una cerilla? Se había puesto un vestido ancho y encima una chaqueta gruesa. La idea de llamar más la atención le revolvía el estómago. Al menos no estarían los cuatro solos en la cena. Eleanor había invitado a unas amigas. La atención de Damien estaba diluida, pero incluso en medio de las conversaciones y las risas, Violet era muy consciente de que sus ojos se dirigían hacia ella con mucha frecuencia. La conversación derivó finalmente hacia el tratamiento de Eleanor, que tenía que empezar al día siguiente.

–Nadie puede saber cómo me va a afectar –le confesó a una de sus amigas, que había pasado por una situación parecida–. Al parecer cada persona reacciona de una manera. Pero será maravilloso saber que Damien y Dominic estarán a mi lado –miró a Damien fijamente–. Te vas a quedar un tiempo aquí, ¿verdad, cariño?

Damien sonrió y se encogió despreocupadamente de hombros.

–La oficina va como la seda. Será un cambio agradable mirar por la ventana y no ver edificios.

Lo había hecho muy bien, pensó Violet centrándose en la comida que tenía delante. Era el encanto personificado.

Eleanor se giró hacia ella.

–Debes odiarme por retener a Damien en este rincón del mundo –murmuró.

Violet se sonrojó. Odiaba aquellos instantes en los que se veía acorralada sin más opción que mentir abiertamente.

–Bueno, voy a estar muy ocupada. Ya sabes que el nuevo trimestre empieza enseguida –contestó vagamente.

–Pero vendrás los fines de semana, ¿verdad, querida? Me has dado muchas fuerzas.

–Bueno... sí, claro, pero... Damien mencionó algo sobre que tenía que adelantar trabajo de oficina en Londres los próximos fines de semana.

–¿Ah, sí? –Damien la miró con perplejidad–. Tenía

por costumbre ir a trabajar de vez en cuando algún fin de semana, pero incluso un adicto al trabajo como yo sabe cuándo parar, así que estaré aquí a menos que ocurra algo excepcional en Londres que requiera mi presencia.

–Entonces, ¿significa eso que estarás con nosotros este fin de semana, querida? –Eleanor la miró con alegría contenida–. Sé que estarás muy ocupada, así que si prefieres no venir lo entenderé.

Violet sintió el peso de la expectación de todos los comensales de la mesa y miró a Damien con ojos suplicantes. Pero él tenía una expresión desesperadamente neutra.

–Estoy... estoy segura de que podré escaparme el fin de semana... dadas las circunstancias –sonrió débilmente.

Eleanor sonrió radiante y le dio una palmadita en la mano.

–¡Perfecto! Seguramente estaré la mayoría del tiempo en reposo, pero Damien y tú tendréis la oportunidad de explorar el pueblo y sus alrededores. No habéis salido solos desde que estáis aquí, y aunque sea una anciana recuerdo perfectamente lo que es estar enamorada.

Todo el mundo se rio. Dominic hizo un comentario lascivo. Violet se encogió avergonzada.

Durante el resto de la velada bebió más de lo normal en ella. Cuando volvieron a casa eran más de las diez y media y se le habían subido a la cabeza unos cuantas copas de vino.

–Necesitas agua –dijo Damien guiándola hacia la cocina cuando Eleanor y Dominic les dieron las buenas noches–. Y un paracetamol. Has bebido demasiado.

–¡No te atrevas a regañarme por haber bebido! –Violet se zafó del brazo que la estaba sujetando, se tambaleó y lo miró fijamente–. ¿Cómo te atreves?

Damien se preguntó si sería consciente de que estaba arrastrando las palabras. También estaba despeinada porque había insistido en que bajara la ventanilla del coche para que le diera el aire.

La guio hacia una silla de la cocina, la sentó y le sirvió un vaso de agua con una pastilla. Luego se sentó frente a ella, apoyó los brazos en los muslos y la miró fijamente.

–Parece que estás furiosa conmigo. ¿Quieres decirme por qué?

Violet se sonrojó y apartó la vista.

–Así que ahora voy a venir aquí el fin de semana –dijo precipitadamente.

Los ojos de Damien clavados en ella y el aroma almizclado de su loción para después del afeitado estaban causando estragos en su equilibrio. Tras la frialdad de los últimos días, aquella repentina atención era como acercar una llama a la estopa.

–Si no recuerdo mal, tú has accedido –Damien estaba disfrutando de su atención, del modo en que apartaba la vista de él, pero volvía a mirarlo sin poder evitarlo.

Fue consciente entonces de lo mucho que le había afectado su frialdad anterior. Un poco de vino le había hecho bajar las defensas y eso le gustaba. Mucho. Se inclinó un poco más hacia ella, como si no quisiera perderse una palabra.

–¿Me estás diciendo que no hablabas en serio? –le preguntó con tono falsamente asombrado, como si aquella posibilidad no se le hubiera pasado por la cabeza–. Tal vez haya malinterpretado la relación que tienes con mi madre. Parecéis muy unidas.

–Eso no tiene nada que ver con... con nada –dijo Violet con incoherencia–. Tu madre me cae muy bien. Por eso... por eso esto es un error. Se suponía que me quedaría aquí hasta finales de semana.

–Así es. Y cuando acabe la semana serás libre –Damien se reclinó y estiró las piernas–. Volverás a Londres y yo te firmaré una garantía de que no denunciaré a tu hermana. Será libre para recorrer las costas españolas y tú podrás recuperar tu vida.

–¿Y qué le dirás a tu madre? –al verse ante la perspectiva de regresar a su vida, Violet se vio asaltada por la idea de que no era tan maravillosa como le había contado a él.

–Eso no es problema tuyo. Déjamelo a mí.

–Me gustaría saberlo –insistió ella–. Le tengo mucho cariño a tu madre, Damien. No me gustaría que...

–¿Que sufriera? ¿Que se angustiara? ¿Que pensara mal de ti? ¿Las tres cosas? Sinceramente, me extraña. Hace cinco segundos me has acusado de no anunciar que no estarás aquí los fines de semana.

–Pensé que querrías empezar a preparar a tu madre para... ya sabes, para lo inevitable.

–¿El día anterior a que comience el tratamiento?

–Bueno...

–Dominic te ha tomado cariño.

–Sí –algo más en lo que pensar, otro eslabón en la cadena que tendría que fundir cuando se alejara de su familia.

–Cuando mi madre empiece con el tratamiento, seguramente estará demasiado débil para ocuparse de mi hermano.

–Ahí es cuando entras tú –le señaló Violet.

Damien se sonrojó. Aquella conversación no trataba sobre él.

–No puedo estar en guardia las veinticuatro horas. Tengo un negocio que dirigir, aunque sea a distancia.

–No tendrías por qué. Dominic cuenta con cuidadores y sabe entretenerse solo. Además, me he dado cuenta de que...

–¿De qué te has dado cuenta?

–La última vez que te dije lo que pensaba, no te gustó –todas las señales de ebriedad se habían evaporado. Violet se sentía sobria como un juez. Apoyó las manos en las rodillas y se inclinó hacia delante.

–Adelante. Tal vez sea un cambio refrescante para mí.

–De acuerdo. Me he dado cuenta de que te estás esforzando más con Dominic. Cuando llegamos, apenas le hablabas.

Dado que le había dicho que hablara claramente, Damien hizo un esfuerzo por controlar su reacción ante el comentario.

–Sigue –murmuró apretando los dientes.

–Nunca hablabas directamente con él. Y, sin embargo, tu madre dice que de pequeños estabais muy unidos.

Así que de aquello era de lo que hablaban, pensó Damien poniéndose tenso. Hablaban de él. Apartó enfadado la punzada de culpabilidad que le había acompañado durante los últimos días y se puso de pie.

–Es tarde. Deberíamos subir –murmuró.

–¿Deberíamos? ¿No vas a trabajar?

–Te acompañaré primero al dormitorio. Mi madre no aprobaría que te resbalaras en la escalera por haber bebido demasiado y que yo no hubiera estado ahí para ayudarte como un caballero y evitar la caída.

–Estás molesto conmigo por lo que te he dicho.

–Tienes derecho a tener tus propias opiniones.

–Yo no quería –Violet se puso de pie con cierta torpeza y se dirigió a la puerta de la cocina.

–¿Qué es lo que no querías?

La respiración de Damien fue como un soplo de aire en sus mejillas cuando se inclinó para escuchar lo que estaba diciendo.

–Tener opiniones. Nunca he querido tener ninguna opinión sobre ti –se sentía mareada cuando salió de la cocina y le siguió por la sucesión de corredores que llevaban a la escalera.

–Me resulta difícil creerlo, Violet –murmuró él con tono cálido–. Siempre tienes opiniones sobre todo. Cuando entraste por primera vez en mi despacho pensé que habías reunido todo tu coraje para enfrentarte a mí, pero que normalmente eras de esa clase de personas que no abrían la boca. Me equivoqué.

Violet miró el rellano que tenía delante. El dormitorio quedaba a la derecha. Pensaba que se había recuperado del momento de ebriedad provocado por el vino de la cena, pero ahora se sentía muy mareada.

El corazón le latía con fuerza cuando se dirigieron a la habitación.

–Todos los profesores tenemos opiniones –consiguió decir con voz estrangulada. Dio un paso atrás cuando Damien abrió la puerta del dormitorio.

–Una cosa es tener opiniones y otra es juzgar. Y tú juzgas.

Damien la rozó con el brazo y al instante sintió cómo se ponía duro por aquel contacto fugaz. Un escalofrío prohibido se apoderó de él, recordándole la imagen de Violet desnuda delante de él. Hacía más de tres meses que no estaba con ninguna mujer. Su última relación, que había sido muy corta, terminó bajo el peso de su falta de compromiso y la necesidad de su pareja de saber hacia dónde iban. Ni su maravilloso físico, ni el magnífico sexo bastaron para mantenerlos unidos.

Damien cerró la puerta tras él y encendió una luz lateral. El dormitorio quedó de pronto envuelto en un brillo romántico y tenue.

–Ahora vas a bajar a trabajar, ¿verdad? –preguntó Violet nerviosa.

Él sonrió.

–Estoy tratando de tomármelo con más calma. Creo que mi madre se sentirá más tranquila si ve que soy capaz de implicarme en la vida familiar y dejar los correos electrónicos un rato. Te parece bien, ¿verdad?

Violet se vio en la posición de tener que estar de acuerdo con él, porque había expresado su opinión favorable a aquel respecto.

–Así que si me disculpas, voy a darme una ducha –Damien empezó a desabrocharse la camisa. Le hizo gracia ver que ella apartaba la mirada. Aquella era la situación que la mayoría de las mujeres anhelaba. Estar tan cerca de él en un dormitorio. Captó el inconfundible y erótico aroma de la inexperiencia. La timidez de Violet estaba obrando maravillas en su líbido.

No cerró la puerta con pestillo, pero se tomó su tiempo. Se lavó el pelo, y cuando salió veinte minutos más tarde se la encontró con todos los accesorios en la mano.

–¿No necesitas una maleta para llevar todas esas cosas? –le preguntó.

Violet se sonrojó.

–No quería molestarte cuando saliera por si estabas durmiendo.

–Qué considerada.

Violet se apartó y clavó la vista en su rostro. No quería mirar su musculado cuerpo, que estaba desnudo a excepción de la pequeña toalla que le rodeaba la cintura y que colgaba de modo peligroso.

¿Dormía Damien en pijama? ¿Cómo iba a saberlo ella si durante las últimas noches se iba a la cama después de la una de la mañana y se levantaba antes de las seis? No había visto ningún pijama a la vista, y se dio cuenta de que tenía la mente completamente ocupada por aquel asunto. Se quedó en el baño todo el tiempo que pudo.

Y cuando salió tras un buen rato y vio que el dormitorio estaba a oscuras, suspiró aliviada al saber que estaba dormido. No era más que una sombra oscura en la cama. En la enorme cama.

Sin atreverse apenas a respirar, Violet se metió entre las sábanas y se puso de lado lejos de él con movimientos exageradamente lentos. Por si acaso.

–Al final no me has dicho si has decidido venir el próximo fin de semana o no. La conversación se quedó a medias.

Violet contuvo un grito de horror al darse cuenta de que no solo estaba despierto, sino que además tenía los ojos abiertos de par en par. Escuchó cómo cambiaba de posición y cuando volvió a hablar supo que ahora miraba hacia ella.

–Creo que perdimos el norte de la conversación cuando decidiste felicitarme por los esfuerzos que estoy haciendo con mi hermano –Damien extendió una mano fría y se la puso en el hombro. A Violet le subió la tensión arterial–. Odio que me den la espalda cuando hablo.

Ella se quedó petrificada. Se sentía atrapada. Estaba en la cama con aquel hombre, y solo tenía dos opciones: girarse para mirarlo, por lo que al instante disminuirían las generosas proporciones de la cama, o quedarse como estaba, dándole la espalda como si fuera un objeto mientras deseaba desesperadamente que aquella mano se apartara y no hiciera ningún movimiento más exploratorio para urgirla a darse la vuelta.

Cambió a regañadientes de posición y fue dolorosamente consciente de cómo se hundía ligeramente la almohada cuando movió el cuerpo.

Los ojos se le habían ajustado a la oscuridad de la habitación, y la boca se le secó al darse cuenta de que Damien tenía el pecho desnudo. Estaba apoyado sobre un codo con la colcha bajada hasta la cintura, permitiendo una visión de su pecho perfectamente musculado y sin vello.

–Eso está mejor –dijo él satisfecho–. Ahora ya puedo verte la cara. Y dime, ¿qué decisión has tomado?

–¿No podemos hablar de ello por la mañana?

–Creo firmemente en no dejar para mañana lo que puedas hacer hoy, y eso incluye las decisiones.

–Supongo que no pasa nada porque venga el fin de semana que viene –murmuró Violet.

Sentía bajo el pijama el peso de sus senos liberados, lo que hizo que recordara el momento en que la había visto salir completamente desnuda del baño. Sintió una oleada de calor que le recorrió todo el cuerpo.

–Mi madre y Dominic se pondrán muy contentos –la voz de Damien sonaba ronca e insoportablemente sexy–. Y yo también.

–¿En serio? No me lo creo. Apenas me has dirigido la palabra en toda la semana.

–Lo mismo digo. Pero ahora estamos hablando.

–Sí...

–Y está bien, ¿verdad?

Violet podía escuchar el acelerado ritmo de su propia respiración. Sus palabras, roncas y susurradas, eran el telón de fondo de algo más. Lo presentía con un instinto que ni siquiera sabía que tuviera. Damien no la estaba tocando, pero sentía como si lo hiciera, y aunque sabía que él no podía ver su expresión en la oscuridad, había un chisporroteo de alto voltaje entre ellos que erizaba el vello de la nuca.

¿Iba a intentar algo con ella? Seguro que no. Y sin embargo... había llegado el momento de poner fin a la conversación dándose le vuelta. Tal vez le resultara difícil conciliar el sueño con él ahí al lado, pero Damien captaría el mensaje de que no tenía nada más que decirle cuando se diera la vuelta fríamente. Y si no podía verle, entonces aquella incomodidad que le aceleraba el pulso desaparecería al instante. Seguramente Damien se habría ido para cuando ella se levantara por la mañana y volvería a mantener las distancias, que solo romperían delante de su familia.

Violet sabía exactamente lo que debía hacer y cómo debía reaccionar, pero para su horror, extendió la mano y tocó aquel pecho ancho y fuerte. Solo un toque. ¿De dónde diablos había salido aquella peligrosa idea? ¿Cómo se las había arreglado para atravesar las barreras del sentido común y de la autoprotección?

¿Y de dónde salió aquel suave suspiro cuando apoyó brevemente los dedos sobre su pecho?

Damien sintió una punzada de profunda satisfacción. Nunca había disfrutado tanto del contacto de una mujer. Era vacilante, tímido, apenas un roce, y sin embargo le encendió la sangre, que le bullía en las venas cuando la atrajo hacia sí...

Capítulo 7

LOS labios de Damien se encontraron con los suyos, y en aquel momento Violet estuvo perdida. Una parte de ella sabía que aquello no debería estar ocurriendo, pero el resto de su ser se agarró a él con vergonzoso abandono. No podía dejar de tocarlo. Quería explorar cada centímetro de su cuerpo y luego empezar otra vez. Nunca había experimentado una urgencia igual. Para ella, el acto amoroso había sido siempre algo calmado y placentero, pero lo cierto era que el único amante que había tenido empezó siendo su amigo. Damien no era su amigo y aquello no era algo calmado. Trazó con ansia los musculados contornos de sus hombros y sintió cómo él le sonreía contra la boca.

Violet le deslizó el pie por la espinilla y se estremeció cuando su rodilla entró en contacto con la rigidez de su erección. Damien la atrajo hacia sí y ella se arqueó y echó la cabeza hacia atrás mientras él le desabrochaba los botones de la parte de arriba del pijama para liberar los senos, que se agitaron de forma seductora.

Violet lo miró mientras respiraba de forma agitada. El pelo le caía por los hombros. Damien tenía la piel dorada, de un bronce natural que contrastaba dramáticamente con su propia palidez. Ella extendió la mano, se la puso en el pecho y sintió los músculos bajo los dedos.

Damien la estrechó entre sus brazos y gimió cuando sus senos se apretaron contra su pecho. Esta vez la besó larga y apasionadamente. Era un beso pensado para perderse en él, un beso que no dejaba lugar a los pensamientos.

Los botones del grueso pijama le rascaban la piel. Tenía la ropa interior húmeda por la excitación. Abrió las piernas y sintió a través de la tela la fuerza de su erección.

–No deberíamos –gimió negando al instante aquel fugaz pensamiento moviéndose sinuosamente contra él.

–¿Por qué no? Los dos lo estamos deseando.

–El hecho de desear algo no significa que tengas que hacerlo.

–¿Me estás diciendo que quieres que pare? –ella tenía tan pocas ganas de detenerse como él y Damien lo sabía.

La tumbó sobre la cama y la abrazó, acallando cualquier protesta que pudiera tener, y Violet le pasó los dedos por el pelo. Le encantaba su tacto de seda gruesa. Acariciarle de aquel modo era algo decadente, tabú, extrañamente perverso, aunque se suponía que era su novia.

Se sintió como una dama victoriana al borde del desmayo cuando Damien la levantó y deslizó los dedos en la cinturilla del pantalón del pijama. Sus senos resultaban tentadores y lascivos, pero antes...

Le tiró de los pantalones del pijama y observó con satisfacción cómo ella se los quitaba rápidamente. Cuando trató de hacer lo mismo con las braguitas, Damien le detuvo la mano. Podía ver la humedad oscureciendo la zona de la entrepierna cuando se colocó a horcajadas encima de él y le puso la palma en aquel punto, moviéndola hasta que sintió cómo la humedad se le extendía por la mano.

–¿Te lo estás pasando bien? –a Damien le ardía la sangre por la excitación. Su intención era tomárselo con calma, pero le resultaba difícil. En lo único en que podía pensar era en que estaba encima de él, sentía su suavidad–. Tócame.

Violet se estremeció. Tenía que quitarse la braguitas o se volvería loca. Echó las piernas a un lado de la cama y se las quitó, luego se giró hacia él y vio que la estaba mirando con una media sonrisa mientras se tocaba. Tenía una erección muy grande. Era una enorme barra de acero dura como una roca. Estaba hipnotizada por la visión de su mano acariciándose suavemente en círculos.

–Preferiría que fueras tú la que me acariciara.

Violet se acercó a él hasta situarse a una distancia en la que podía tocarlo... y podía lamerlo.

Damien gimió y echó la cabeza hacia atrás, cerró los ojos y disfrutó del contacto de su boca y su lengua. Cerró los puños en su pelo, cubriéndole la cabeza. Tenía que aguantar la necesidad de dejarse ir, de liberarse. Estaba a punto de peder el control, algo a lo que no estaba acostumbrado. Para él, hacer el amor había sido siempre un arte finamente trabajado, en el que el placer mutuo era algo predecible.

Estremeciéndose, se apartó a regañadientes de ella y se tomó unos segundos para recuperarse.

Violet experimentó una embriagadora sensación de poder. Aquel macho alfa tan bello y deseable tenía que recuperarse de ella.

Disfrutó de aquella inesperada situación, de dejarse llevar de verdad por primera vez en su vida. Sintió que llevaba años siendo la responsable de tener el control. Incluso en su única relación se había comportado de aquel modo, como una persona que siempre pensaba antes de actuar, que siempre se portaba de un modo responsable. Al darle a Phillipa permiso para ser la persona que quería ser, sin darse cuenta Violet se había convertido en la que se contenía porque, en ausencia de sus padres, alguien tenía que hacerlo.

Pero ahora...

Lamió una vez más la rígida erección y sintió la dureza de sus venas contra la lengua en contraste con la suavidad de la punta.

Tuvo un momento de vacilación cuando el sentido común, siempre presente, trató de resurgir.

¿Qué estaba pasando allí? Sí, Damien era un hombre intensamente atractivo. Resultaba perfectamente entendible que se sintiera atraída hacia él. La atracción y el deseo no tenían nada que ver con el amor y el cariño. Ahora lo sabía. Pero, ¿por qué diablos la encontraba él atractiva? Era un hombre acostumbrado a estar con modelos. Había viso fotos de ellas, y, según había admitido el propio Damien, la primera impresión que tuvo de ella no fue positiva. Entonces, ¿estaba ahora allí por una mezcla de aburrimiento y curiosidad que había terminado provocando deseo?

Fuera cual fuera la razón, aquel hombre la deseaba, y ella le deseaba a él. Sabía lo que tenía que hacer. Pero de pronto pensó en su hermana, que estaba en Ibiza haciendo lo que le apetecía mientras que ella, Violet, se había quedado atrás recogiendo las piezas rotas. ¿Por qué, pensó entonces rebelándose, no podía ella subirse a la montaña rusa por una vez en su vida? ¿Por qué tenía que contenerse? No sería justo para ella, y desde luego tampoco para Damien.

Sí, lo suyo no duraría mucho, pero, ¿qué tenía que perder? Damien no significaba nada para ella sentimentalmente hablando. Lo deseaba, pero siempre sería capaz de dejar atrás el deseo porque tarde o temprano recuperaría el sentido común y seguiría adelante. Cuando llegara aquel momento, volvería a la realidad y se buscaría un buen hombre. Nunca miraría atrás ni se arrepentiría de haberse dejado llevar por una vez en la vida.

Alzó la cabeza, lo miró a los ojos y vio el deseo reflejado en ellos.

–Eres fabulosa –gimió Damien con voz áspera.

Y Violet sonrió y se sonrojó porque no recordaba que nadie le hubiera dicho algo así nunca.

–Eso se lo dirás a todas...

–No me digas que no has vuelto locos a un puñado de hombres antes que a mí... –Damien se incorporó, la atrajo hacia sí y la besó apasionadamente para que no pudiera contestar.

No le gustaba imaginársela con otro hombre. Sintió una punzada de afán de posesión que le era completamente ajeno.

Sin dejar de besarla en la boca, empezó a masajearle uno de los senos, acariciándole el pezón hasta que gimió.

Con voz ronca y entrecortada, Damien le fue diciendo con todo detalle lo que quería hacer con ella, dónde quería tocarla, qué quería que sintiera.

A Violet le empezó a arder la piel con la emoción de lo que le estaba diciendo. Sí, su experiencia con el otro sexo se limitaba a un único hombre, pero nada podría haberla preparado en cualquier caso para aquella sobrecarga sensorial. Los eróticos susurros de Damien estaban provocando estragos en su mente mientras que su mano, que había pasado del seno a la entrepierna, le provocaba un efecto similar en el cuerpo.

Violet se retorció y gimió suavemente, inclinándose para morderle el hombro. Damien le dio la vuelta, de modo que ahora estaba encima de ella. Violet le clavó las uñas en las escápulas, y él le pidió que le dijera lo que le gustaba. Violet se sonrojó y pensó que no sería capaz nunca de hacer algo así.

Damien se sintió extrañamente excitado por su timidez. Se levantó sobre los brazos, con su poderoso cuerpo cerniéndose sobre el suyo, su erección presionada contra ella. Desesperada, Violet trató de abrir las piernas y guiarle hacia el interior de su cuerpo. Damien se rio cuando lo intentó y le dijo que no pensaba hacerlo. Todavía.

–Así que no hablas durante el sexo –le deslizó dos dedos dentro, sintió su humedad y empezó a acariciarle el clítoris hasta que ella gimió. Entonces desvió la atención hacia otro punto para evitar que alcanzara el éxtasis.

–Damien...

–¿Cómo esperas que sepa qué te excita si no me lo dices?

–Ya sabes lo que me excita...

–¿Lo estoy haciendo bien ahora mismo?

–Por favor...

–Me gusta que me ruegues. ¿A ti te gusta que hable? –le susurró un par de cosas más al oído y Violet gimió–. ¿Y bien? –Damien le introdujo más profundamente los dedos y ella apretó las piernas.

–Sí –susurró Violet–. Aunque ahora mismo hay otra cosa que me gustaría que hicieras...

–Dímela.

–No... no puedo –se sentía tan inexperta como una virgen.

–Claro que puedes –la animó él. Estaba teniendo que utilizar toda su fuerza de voluntad para mantener aquel paso tranquilo. Tener el cuerpo de Violet pegado al suyo era demasiado potente, y no quería ni pensar en la humedad de entre sus piernas porque sabía que si lo hacía perdería el control.

–Me gusta que... me gusta que me succiones los pezones. Los tengo muy sensibles –Violet sintió que le ardía la piel como si estuviera en llamas. Se sentía lanzada y seductora y completamente depravada, y se preguntó cómo era posible que nunca antes hubiera sentido la tentación de dejarse llevar de aquel modo. Sintió una repentina punzada de pánico al pensar que un hombre con el que no tenía nada en común era quien la había llevado a aquellas alturas.

–Tus deseos son órdenes para mí... y tengo otras sorpresas guardadas para ti.

Violet decidió no pensar. Se sumergió en aquel mar de sensaciones mientras él le succionaba los senos, lamiéndolos con la lengua y mordisqueándolos hasta que ella gimió, sorprendida, cuando Damien se deslizó hacia abajo. Cuando ella aseguró que nunca había... que no podía ser que fuera a..., él se rio y procedió a hacer precisamente lo que ella nunca había...

Al sentir su cabeza entre las piernas, Violet las abrió sin pensar para dejarle mejor acceso, y Damien lo aprovechó. Siguió seduciéndola con la lengua hasta que supo que ya no podría seguir soportándolo mucho más tiempo, y entonces movió el cuerpo de modo que ella pudiera también darle placer.

Violet abrió todavía más las piernas mientras él seguía dándose un festín con su cuerpo. La lengua de Damien la recorrió sin pudor, y ella hizo lo miso con él, introduciéndose su enorme erección en la boca, saboreándola de todas las maneras posibles. Cuando los dos estaban al borde, Damien se incorporó y se apartó unos milímetros de ella para preguntarle si tenía protección. Respiraba jadeando.

¿Por qué diablos iba a tener protección?, quiso preguntarle. Pero sabía que Damien siempre había tenido relaciones con mujeres que viajaban preparadas. Sacudió la cabeza. Escudriñó su rostro en busca de algún signo de impaciencia y frustración, pero no encontró ninguno. Damien se frotó contra ella y murmuró que tendrían que esperar para rematar la faena.

–Pero hay otras formas de entretenerse...

Violet se quedó sin palabras ante su generosidad. No era tan ingenua como para no saber que muchos hombres se habrían puesto furiosos al ver su placer interrumpido aunque no fuera culpa de la mujer. Había hombres muy egoístas. Pero contrariamente a su primera impresión, Damien no era uno de ellos.

Algo cambió dentro de ella, pero no quiso detenerse a analizarlo. En aquel momento, su cerebro no estaba por la labor de hacer nada analítico, y menos con la cabeza de Damien entre las piernas.

Sus cuerpos parecieron fundirse en uno, y cuando finalmente Violet alcanzó el clímax, empujando contra su ávida boca, se sintió completamente satisfecha. Le buscó a tientas, sintió su dureza y curvó su indolente cuerpo para tomarlo con la boca y poder llevarlo a la misma altura que le había llevado él.

Sus cuerpos estaban resbaladizos por la transpiración y la habitación olía a sexo. Damien la apartó antes de llegar al clímax y Violet sintió su erección en la cara y en el cuerpo. Cuando se besaron al regresar al planeta Tierra, fue lo más sensual que ella había hecho en su vida. Se sentía flotar.

–Creo que mañana deberíamos ir a la farmacia –Damien se sentía en la cima del mundo.

¿Qué tenía aquella mujer? Ni siquiera habían culminado el acto, y para qué engañarse, nada podía compararse con la sensación de penetración. Y sin embargo tenía una sensación de absoluto bienestar. Quería volver a empezar, deslizarle las manos por el cuerpo, saborearla...

La atrajo hacia sí y disfrutó de la sensación de sus senos contra el pecho.

–No sé cómo ha sucedido esto.

–¿Estás diciendo que lamentas que haya pasado?

–No –admitió Violet con sinceridad–. Pero no soy la clase de chica que se va a la cama con los hombres...

–¿Ni siquiera con un novio que está profundamente enamorado de ti?

Violet tardó un par de segundos en darse cuenta de que le estaba tomando el pelo.

–Ja, ja. Muy gracioso –murmuró. Sintió ganas de preguntarle: «¿y ahora qué?» Pero no le parecía una pregunta apropiada.

–Esto complica las cosas –dijo en cambio.

Aquella era justo la razón por la que había intentado no verse en aquella tesitura. Aunque hubiera reconocido que se sentía atraído hacia ella, sabía que acostarse con Violet complicaría una situación ya de por sí complicada.

Pero ahora, con su cuerpo sexy y voluptuoso apretado contra el suyo, no había espacio en su cabeza para pensar en problemas.

–Eso es una manera de verlo. Por otra parte, podría decirse que esto hace la situación mucho más interesante.

–Yo no soy una persona interesante.

–Deja que sea yo quien juzgue eso –Damien le pasó una mano por el muslo.

Violet sabía perfectamente a qué se refería, pero eso no tenía nada que ver con su personalidad.

–Aquí estamos, y nos estamos acostando juntos. Yo diría que eso le añade veracidad al asunto. No hay necesidad de fingir.

Pero seguían fingiendo, pensó Violet. Fingían que había una conexión emocional que no existía en realidad.

–Sigues frunciendo el ceño.

–No puedo evitarlo.

–Vive el momento.

–Eso no se me ha dado nunca bien. Cuando nuestros padres murieron, me quedé a cargo de Phillipa, y no podía permitirme vivir el presente.

–Lo entiendo –murmuró Damien. No era de los que tenían conversaciones profundas, pero se sentía increíblemente relajada–. Con una hermana como ella, seguro que te has estado preocupando por el futuro de ambas –le separó suavemente las piernas y deslizó un dedo por el capuchón que protegía su feminidad como si fueran los pétalos de una flor.

–No puedo... no puedo hablar si haces eso.

–A mí me parece bien. Tocar y hablar no están relacionados. A menos que se digan guarrerías, algo que he descubierto que te excita.

–Pero tenemos que hablar...

–¿No prefieres...?

–¡Damien! –Violet podía sentir cómo el cuerpo se le ponía tenso, preparándose para el clímax. La mano de Damien estaba haciendo maravillas en ella, pero había cosas importantes de las que hablar.

–Lo sé, es irresistible, ¿verdad? Y puedes sentir lo mucho que me está excitando a mí también...

Violet se preguntó cómo sería hacer el amor de forma completa con él. Los movimientos en el clítoris se fueron haciendo más y más rápidos, y cuando alcanzó el éxtasis fue una explosión que la dejó agotada. Se acurrucó contra él.

–¿Qué va a pasar ahora? –no quería hacer aquella pregunta, pero necesitaba hacerlo.

Damien se quedó paralizado. Aquel tipo de preguntas le dejaban siempre frío, pero aquella situación era extrañamente más directa.

–Vendrás el próximo fin de semana, como hemos dicho. Pero yo no estaré trabajando hasta la una de la mañana ni saldré del dormitorio a las seis. Y tengo que decir que la perspectiva de visitar la campiña ha empezado a apetecerme.

–Pero no soy tu novia de verdad...

–¿A dónde quieres llegar?

–¿Nos vamos a comunicar durante la semana? –Violet se mordió el labio inferior mientras trataba de entender aquella relación que en realidad no era una relación–. ¿O solo vamos a enrollarnos cuando estemos aquí? Quiero decir... ¿y si conocemos a alguien? Tengo una vida social muy activa. Los profesores quedamos siempre a tomar algo después de clase. La mayoría lo necesitamos después de un día en compañía con niños llenos de energía.

–¿Conocer a alguien? –Damien se giró para poder mirarla.

–He estado pensando en volver al mercado. Por alguna razón, con Phillipa cerca siempre resultaba difícil. Supongo que me chupaba mucha energía. Invertía tanto tiempo preocupándome de sus problemas y escuchando sus historias que no me quedaba tiempo para mí. Pero ahora que Phillipa está en Ibiza...

El cerebro de Damien se había detenido cuando dijo que tenía pensado volver al mercado. ¡Acababan de hacer el amor! Se sentía ultrajado. ¿Cómo podía Violet considerar siquiera la perspectiva de otro hombre cuando estaba tumbada a su lado, con el cuerpo todavía caliente y sonrojado por el clímax?

–Lo siento, pero eso no va a pasar –Damien se dio la vuelta y se quedó mirando el techo.

La sintió moverse a su lado de modo que ella también miraba hacia el techo.

–No te sigo...

–Explícame por qué dices que no te metes en la cama de los hombres y luego me cuentas que vas a empezar a ir a discotecas y a acostarte con quien te apetezca en cada momento.

–¡Yo no he dicho eso!

–¿No? A mí me ha parecido que sí. Y me ofende que saques siquiera un tema semejante después de haber estado la última hora y media haciendo el amor conmigo. No deberías pensar en otros hombres. Ahora mismo yo debería ser el único en quien pensaras.

–El juego ha cambiado –afirmó ella con voz pausada–. Y ahora hay reglas distintas.

–Ilústrame.

–¿Por qué tienes que ser tan arrogante?

–Es un de los aspectos más encantadores de mi personalidad. Ibas a hablarme de esas reglas nuevas.

–Yo... bueno, por alguna extraña razón, me siento atraída hacia ti –aspiró con fuerza el aire–. Me dijiste que debería vivir el presente y supongo que esta es mi única oportunidad para hacerlo. Nunca esperé que me pasara algo así.

–Entonces, lo de los otros hombres queda descartado. Y lo de las discotecas y el sexo tras un par de copas, también.

–En ese caso, la misma regla se aplica para ti.

Damien se puso de costado y la miró. En consonancia con la seriedad de la conversación, Violet se había subido las sábanas hasta el cuello.

–Encantado –Damien bajó las sábanas, dejando al descubierto sus senos y succionándole uno de los rosados pezones hasta que se puso duro.

–¿Encantado? –Violet le sostuvo la cara para obligarle a mirarla, aunque su cuerpo estaba deseando que siguiera con lo que tan bien sabía hacer.

–Soy hombre de una sola mujer.

Violet se preguntó si eso se debería a que iba a estar temporalmente lejos del radio de acción, pero tenía que reconocer que, por muy arrogante que fuera, sus reglas eran justas.

–Y además –Damien le mordisqueó el labio inferior con suavidad–, esto funciona...

–Dijiste que tu primer pensamiento fue que este tipo de relación complicaría las cosas –Violet no sabía qué quería que dijera Damien. Había abandonado toda precaución y estaba confundida. Nunca se había sentido tan satisfecha físicamente y, sin embargo, el camino que tenía por delante le parecía opaco y plagado de incertidumbres.

–Muchas mujeres asocian pasárselo bien en la cama con conocer a los padres del hombre y terminar comprando un anillo de boda. Pero tú sabes dónde pisas –Damien le acarició el pecho–. Yo no quiero ningún tipo de compromiso. Ya he pasado por eso y no tengo intención de volver a vivirlo en un futuro próximo. Pero lo que sucede entre nosotros es algo espectacular, y yo no pongo adjetivos a lo tonto.

Damien le dirigió una sonrisa que la derritió por dentro.

–No lanzaré mis redes a ninguna otra parte, y si eso te hace feliz, puedes comunicarte conmigo todo lo que quieras durante la semana. De hecho, tendré que ponerte al día sobre los progresos de mi madre. Estoy seguro de que ella también se pondrá en contacto contigo. Y creo que con esto, todas tus preguntas quedan resueltas.

Se lo estaban pasando bien. Y les convenía a los dos. Pero Damien confiaba en que no se implicara sentimentalmente. Cuando le dijo que se comunicarían durante la semana, sabía que las conversaciones girarían en torno a Eleanor. No pasarían el reto charlando de todo y de nada. Violet decidió que le parecía bien. Nunca había sido una persona capaz de separar las distintas áreas de su vida en cajas diferentes. Necesitaría tiempo para acostumbrarse, pero lo conseguiría, porque tanto si le gustaba como si no, anhelaba el placer físico que Damien había introducido en su vida.

Abrió las piernas y sintió su erección frotándose contra ella. No había penetración, pero la sensación que producía era también muy poderosa.

–Y cuando las cosas decaigan entre nosotros... –jadeó Violet.

–Ese es el curso natural de los acontecimientos.

Violet no se lo imaginaba tan enamorado de una mujer como para querer llevar la situación al límite y pedirle matrimonio. No se acostumbraba a la idea de Damien ofreciendo un compromiso en lugar de hablar del curso natural de los acontecimientos. Al ser un hombre tan orgulloso y tan apasionado, podía entender que hubiera quedado permanentemente tocado por el fracaso de la relación más importante de su vida

Eleanor no había vuelto a sacar el tema de Annalise, y ella tampoco. El pasado de Damien no era asunto suyo. Se trataba de vivir el presente. Todo lo que Damien había dicho tenía sentido. Aquella era su oportunidad para salir de la zona de confort y sería absurdo iniciar un debate mental sobre los pros y los contras de la situación.

–Cada uno seguirá su camino, pero mientras seamos amantes, te darás cuenta de que soy extremadamente generoso.

–Tu dinero no significa nada para mí –Violet trató de no sentirse herida por el comentario–. Esa no es la razón por la que... no me importa que seas el dueño del Banco de Inglaterra. No quiero nada de ti.

Damien pensó que aunque ahora dijera aquello, cambiaría de opinión en cuanto le regalara una pulsera de diamantes o un deportivo descapotable.

–Sinceramente, mi madre esperará que te regale algo.

–Ella ya sabe que no soy materialista.

–¿Más confidencias intercambiadas en vuestros paseos mano a mano? –pero a Damien le gustaban sus protestas en aquel terreno. La avaricia y la codicia eran visitantes habituales en su vida.

–No hablamos solo de ti.

–Estoy dolido. Creía que siempre me tenías presente en tus pensamientos –se acercó un poco a ella.

Violet dio un respingo. Para evitar volver a perder completamente el control, extendió la mano para mantenerle apartado.

–No te tengo siempre presente –Violet lo negó con firmeza. Tener a alguien en tus pensamientos implicaba una conexión. Ella no quería ni mencionarlo, ni siquiera de broma, no quería que Damien pensara que podría ser importante para ella–. Salías en las conversaciones con tu madre porque eres la persona que tenemos en común, y en circunstancias normales, las novias estarían encantadas de escuchar historias de la vida de su novio de boca de su madre. Es natural que tu madre quiera hablar de ti. Pero también hablamos de otras cosas. De arte, de la jardinería, de la vida en un pueblo pequeño, del tratamiento al que va a someterse... y no solo hablo con tu madre. También converso mucho con Dominic. Tiene muchas cosas que decir. Solo hay que ser un poco paciente. Se frustra porque no puede comunicarse con la fluidez que le gustaría, pero es inteligente.

Damien le apartó con delicadeza la mano. No tendría que escuchar aquella señal de advertencia. Después de todo, estaban en el mismo barco. Pero por si acaso...

–No te impliques demasiado, Violet.

–¿Qué quieres decir?

–Quiero decir que probablemente nos impliquemos más el uno con el otro de lo que habíamos pensado o de lo que nos gustaría, y puede que tu papel se haya extendido más allá de lo que dijimos, pero no te hagas ilusiones de permanencia.

–¡No lo hago! –Violet se apartó de él–. Y no tienes por qué advertirme. Ya has dejado los parámetros perfectamente claros. Lo he entendido perfectamente, Damien, no soy idiota. Y a mí también me conviene.

–Pero estas formando lazos con mi familia –afirmó él con sequedad.

–¡Solo mantengo conversaciones con ellos! –pero Violet había captado la frialdad de su tono de voz.

Aquello no era una advertencia cariñosa. Era un recordatorio brusco de que no podía cruzar las señales de «prohibido el paso» que él había colocado a su alrededor. Si lo hacía, el mensaje estaba claro: quedaría descartada–. Soy una mujer adulta. Sé cuidar de mí misma. Y puede que las mujeres con las que has salido en el pasado quisieran algo más de ti de lo que tú estabas dispuesto a darles, pero ese no es el caso conmigo. Siempre he tenido cuidado. Solo esto probando a ver qué se siente al no tener cuidado por una vez en la vida. ¿Y tú siempre tienes una lista con lo que se debe y no se debe hacer cuando empiezas a salir con una mujer? ¿O esto es únicamente por mí, porque resulta que he conocido a tu familia?

Violet sabía que no debía ir por ahí. Aquello no formaba parte de su decisión de ser osada por una vez en su vida.

–Siempre soy muy franco con las mujeres. Les dejo claro que no soy hombre de compromisos.

–Que te hicieran daño una vez no significa que tengas que pasarte el resto de tu vida manteniendo las distancias.

–¿Cómo dices? –preguntó Damien con frialdad.

–Lo siento. No debería haber dicho eso.

Pero, ¿habría Damien impuesto tantas normas y regulaciones debido a Annalise? No. Violet no estaba en la misma categoría, por supuesto que no, pero ninguno de los dos necesitaba estar sujeto a cientos de ataduras porque él pensara que era demasiado estúpida para entender las reglas del juego.

–Vamos a cambiar de tema, Violet. Mi pasado no es tema de discusión –y estaba decidido a que continuara así. Nunca aceptaba la opinión de nadie sobre ciertos aspectos de su vida. Y no quería iniciar una discusión. No le habían gustado los días en que apenas se hablaban.

–Como te he dicho, entiendo los parámetros y me convienen.

–En otras palabras: me estás utilizando –murmuró él con tono ligero.

–Igual que tú a mí.

No era la respuesta que Damien esperaba. Se rio entre dientes. Era lo justo, pensó. Nunca antes ninguna mujer había admitido que le estaba utilizando. ¿Y qué si la sensación no le gustaba demasiado? Deseaba a Violet. Ella lo deseaba a él. Aquello era lo único que importaba.

Capítulo 8

DAMIEN buscó en el bolsillo de la chaqueta y abrió la tapa de la cajita negra y dorada que llevaba tres horas allí guardada.

Un colgante con un rubí brillante en forma de perla rodeado de pequeños diamantes. Lo había escogido él mismo. Bueno, ¿por qué no? Era una recompensa adecuada por los últimos tres meses y medio, en los que Violet había demostrado ser una amante magnífica. Damien siempre les daba regalos a sus amantes. Hasta el momento, ella había rechazado todos sus intentos. No quiso ni oír hablar de un coche. Cuando le propuso pasar un fin de semana en Viena ahora que su madre parecía estar respondiendo tan bien al tratamiento, Violet le dijo que tenía mucho trabajo. Luego se ofreció a comprarle nueva equipación para la cocina porque había visto cómo la tenía, pero ella aseguró que estaba acostumbrada a sus cacharros y a sus electrodomésticos.

Pero aquel colgante ya era un hecho. No tendría más remedio que aceptarlo.

Damien cerró la tapa de la cajita y volvió a guardársela en el bolsillo antes de salir del coche y dirigirse a casa de Violet.

Se había acostumbrado al pequeño espacio en el que vivía. Phillipa seguía en Ibiza, y Damien no podía ni imaginarse la claustrofobia de tener que compartir aquel espacio tan reducido con otra persona. Él se habría vuelto loco. Estaba acostumbrado a la amplitud de su casa de cinco dormitorios en Chelsea. Cuando se mudó allí tres años atrás, contrató a un arquitecto de renombre que reconfiguró la distribución de la casa de modo que las habitaciones, todas ellas adornadas con piezas de arte, se comunicaran las unas con las otras.

La casa de Violet era más parecida a un panal. Dos semanas atrás se había ofrecido a remodelarla de un modo más acorde con sus propios gustos, pero por supuesto, ella le había mirado como si hubiera perdido la cabeza. Así que Damien le propuso que pasaran más tiempo en su casa. Él ahora dividía su tiempo entre Londres y la campiña. ¿Por qué no hacer el amor con más lujo? Pero Violet le había dicho, con aquel tono de voz suyo con el que medio se disculpaba sin remordimientos, que no le gustaba su casa. Comentó algo sobre que parecía una clínica esterilizada. Damien se contuvo para no decirle que era la primera mujer que respondía de modo negativo a la opulencia.

Llamó al timbre y olvidó lo que estaba pensando al escuchar los pasos de Violet acercándose a la puerta.

En el interior de la casa, Violet experimentó aquel familiar escalofrío de anticipación. Tras el primer mes, y una vez se hubo asegurado de que Eleanor estaba respondiendo bien, Damien dividía su tiempo. Siempre se aseguraba de pasar los fines de semana en el campo, y muchas veces también los lunes. Pero ahora estaba más en Londres y eso a ella le gustaba. En todos los sentidos, lo que estaba haciendo era malo para ella y lo sabía pero no podía evitarlo. Siempre había relacionado el amor con el sexo, pero había aprendido que mucha cosas que daba por hecho podían volverse completamente del revés.

También había aprendido que era muy fácil cambiar las reglas del juego.

¿Cuándo había empezado a estar toda la semana esperando el momento de verle? ¿Cuándo había sacrificado todos sus principios, todas sus expectativas sobre lo que debía ser una relación?

Se había dicho a sí misma que no tenía nada de malo apartar durante un tiempo la precaución a un lado y experimentar algo nuevo, algo que era necesariamente lo correcto.

Entonces, ¿por qué le resultaba ahora tan difícil fingir que no le importaba el futuro? Cada vez pensaba más y más en Annalise, la mujer que debió convertirse en su esposa pero al final no lo hizo. Damien nunca mencionaba su nombre. Eso en sí mismo era extraño, porque tres semanas atrás se habían encontrado con una mujer en un restaurante y luego Damien le contó que había salido con ella durante unos meses. La mujer en cuestión era un belleza pelirroja de metro ochenta, delgada como una gacela y enganchada al brazo de un hombre mayor y más bajo que ella. Damien le contó después que el hombre en cuestión era un multimillonario ruso.

–¿No sientes una punzada de celos al ver que sale con una mujer con la que tú saliste antes? –le había preguntado Violet.

Damien se había reído. ¿Por qué diablos iba a estar celoso? Las mujeres iban y venían. Le deseaba suerte al millonario ruso, que tenía dinero suficiente para mantener a la dama en cuestión interesada y entretenida.

–¿Era demasiado cara para ti? –quiso saber Violet.

–Nadie es demasiado caro para mí. La dejé porque quería algo que el dinero no puede comprar.

Violet pensó que aquello lo decía todo. La mujer en cuestión quería un anillo de compromiso. Por su parte, Damien no buscaba ataduras. Igual que con ella. La única mujer para quien no servía aquella norma era la mujer que le había roto el corazón.

Y a pesar de saberlo, Violet sentía que se dejaba llevar más y más, alejándose del sentido común.

Abrió la puerta y el corazón le dio el vuelco habitual, como si estuviera en una montaña rusa.

Era jueves, y Damien había ido directamente desde el trabajo, aunque se había quitado la corbata y llevaba la chaqueta colgada al hombro.

–Damien...

–¿Me has echado de menos? –sus ojos azules la miraron con admiración masculina.

No llevaba sujetador. Damien le había dicho una vez que era una prenda innecesaria dentro de casa para una mujer con unos pechos tan perfectos como los suyos.

Damien, que estaba apoyado en el quicio de la puerta con gesto indolente, se apartó de allí y entró en el pequeño recibidor sin apartar los ojos de ella en ningún instante.

Sonreía. Se quitó la chaqueta, la dejó sobre el pasamanos y luego rodeó a Violet con sus brazos. Ella abrió la boca al instante y Damien gimió de placer cuando su boca encontró la suya.

Violet le puso luego las manos en el pecho durante unos segundos.

–Sabes que odio que lo primero que hagas cuando cruzas la puerta sea... sea...

–¿Besarte apasionadamente? –Damien se pasó los dedos por el pelo. Sinceramente, a el tampoco le gustaba especialmente. Decía muy poco de su capacidad de autocontrol en lo que a ella se refería–. ¿Será esa la razón por la que la última vez que vine no logramos ni siquiera subir las escaleras?

Violet se sonrojó.

–Voy a preparar algo especial de comer –se dirigió a la cocina, sacó una cerveza fría de la nevera y se la ofreció.

Damien la aceptó y le dio un par de sorbos largos.

–¿Y por qué?

Violet contuvo la irritación. Damien nunca recibía de buen grado los despliegues domésticos. Violet tenía la sensación de que para él, el ritual de comer era en ocasiones solo una interrupción del evento principal.

–Dime qué tal está tu madre –dijo para desviar el tema.

Escuchó mientras Damien le hablaba de sus últimos viajes al campo, de su buen humor, ya que al parecer, la recuperación había superado las expectativas del médico.

Violet escuchaba a medias. Tenía la cabeza en las incómodas preguntas que había empezado a hacerse últimamente. Estaba a millones de kilómetros de allí cuando Damien se acercó a ella y le susurró al oído:

–Debe ser una receta muy complicada, Violet. Llevas cinco minutos mirando al infinito.

Violet volvió al presente y se giró hacia él con el ceño algo fruncido.

–Tengo cosas en la cabeza.

–¿Algo que quieras contarme?

Violet vaciló. Por un lado no quería remover las aguas, pero también necesitaba contar lo que pensaba.

–Damien... tenemos que hablar.

Él la miró con aquella media sonrisa suya, pero sus

ojos se mostraron de pronto recelosos. Cuando las mujeres querían hablar, normalmente era sinónimo de que iban a decir cosas que no quería oír.

–Te escucho –se acercó a una de las sillas de la cocina y se sentó, mirándola con prudencia mientras ella ocupaba la silla frente a él de tal modo que únicamente la mesa los separaba.

–Ha pasado ya mucho tiempo, Damien. Tu madre ha respondido realmente bien al tratamiento y está fuera de peligro. Accedí a esta... farsa por mi hermana y luego seguí adelante por mí misma, porque me convencieron para que colocara la atracción sexual por encima de todo lo demás...

–Ah, ya lo entiendo. ¿Ahora vas a empezar con el juego de echarme la culpa, Violet? ¿Vas a colocarme en el papel de seductor de jóvenes inocentes? En ese caso te sugiero que te lo pienses dos veces.

Violet había olvidado aquella parte de él, la que podía ser tan fría y distante. El hecho de que todavía estuviera allí, justo bajo la superficie, era un recordatorio justo a tiempo de por qué era tan importante que se alejara de aquella relación, si es que podía llamarse así.

–No iba a hacer nada de eso.

–¿Ah, no? –se burló Damien. No esperaba nada de todo aquello–. Porque nadie te apuntó con una pistola en la cabeza para que te desnudaras.

–¡Ya lo sé! ¿Por qué estás siendo tan desagradable conmigo?

–Solo estoy esperando a escuchar lo que tengas que decirme y recordarte que te presentaste voluntaria a la primera en lo referente al sexo.

Violet no era capaz de mirarlo a los ojos. ¿Qué diablos estaba pasando? ¿Cómo era posible que se vieran de pronto en aquella situación? La confusión que sentía le molestaba porque era un recordatorio más del poco control que tenía sobre sí mismo cuando estaba cerca de aquella mujer.

–Lo único que digo es que... es que sería una buena idea que diéramos un paso atrás –Violet bajó la mirada y frunció el ceño mirando la copa de vino que tenía delante de ella.

–Un paso atrás...

–Tu madre está lo suficientemente estable como para enfrentarse al hecho de que nuestra relación ha terminado. Ha vuelto a hacer cosas con Dominic, puede salir al jardín de vez en cuando... siento que ha llegado el momento de que volvamos cada uno a nuestra vida.

–¿Y en qué momento exactamente has tomado esa decisión?

–No tengo por qué darte explicaciones de cuándo ni por qué he tomado esta decisión, Damien. Esto ha terminado. Yo no soy como tú. No puedo seguir acostándome contigo sabiendo que esto no va a ir a ninguna parte.

–¿Dónde quieres que vaya? –preguntó Damien al instante.

–¡No quiero que vaya a ninguna parte!

–¿Y si yo te digo que no quiero que lo que tenemos termine todavía? No cabe duda de que mi madre está lo suficientemente fuerte como para recuperarse del fracaso de esta relación, aunque te tiene mucho cariño. Pero hace tiempo que esto ya no tiene nada que ver con mi madre, como tú bien sabes.

Damien se sintió de pronto inquieto y se puso de pie con la cerveza en la mano y empezó a caminar por la pequeña cocina. Nunca le había dejado ninguna mujer. Aunque solo fuera por orgullo, debería recoger la chaqueta y salir por la puerta. ¿Acaso no había prometido que evitaría a las mujeres exigentes? Pero, ¿qué le estaba exigiendo ella? Violet siempre había dejado claro que eran dos personas muy distintas, que nunca consideraría sentar la cabeza con un hombre como él.

Entonces, ¿se trataba de dinero? A pesar de afirmar rotundamente que no era materialista, ¿se habría acostumbrado a la opulencia que le rodeaba allí donde iba? ¿Habría tenido una visión de cómo podría ser la vida si tuviera acceso a la que llevaba Damien? Se puso tenso al sentir una repentina punzada de profunda desilusión. Era un hombre realista, y aquella le parecía la explicación más plausible.

Su cerebro se puso en marcha. Todavía la deseaba, y tanto si quería admitirlo como si no, Violet también le deseaba a él. Pensar en el modo en que los senos se le salían del sujetador era suficiente para que su mente tomara un camino completamente distinto. Si Damien hubiera percibido en algún sentido de que el sexo estaba empezando a flaquear él mismo se habría marchado, pero era un experto midiendo reacciones. No recordaba ni una sola vez en la que el interés de una mujer hubiera flaqueado antes que el suyo, y tampoco era ahora el caso.

–Hay algo que quiero que veas.

A Violet le sorprendió aquel comentario que parecía haber surgido de ninguna parte.

–¿De qué se trata?

–Espera aquí –en el calor del momento, había olvidado la costosa pieza de joyería que descansaba en su cajita negra y dorada. Su regalo irrenunciable.

Violet seguía sentada en la misma posición en la cocina cuando volvió y extendió la mano.

–Para ti –afirmó con solemnidad–. He oído lo que tenías que decir, y esto es un detalle que indica lo mucho que significas para mí.

Violet agarró la cajita, pero ya podía sentir cómo empezaba a arderle la piel. Lo que significaba para él. ¿Cuántas veces le había dicho que no quería nada de él? Levantó la tapa de la cajita y se quedó mirando la joya. Sabía que habría sido espectacularmente cara. Lo que Damien sentía por ella nunca sería amor, ni tampoco nada duradero. Para él era un juguete que siempre estaba a su disposición, y su valor podía contarse en dinero. Sintió el estúpido deseo de echarse a llorar sobre una pieza de joyería que habría hecho gritar de emoción a cualquier otra mujer.

–No lo quiero –volvió a guardar la joya en la caja, cerró la tapa y se la devolvió.

–¿Qué quieres decir? Ya sé que siempre dices que no quieres aceptar nada de mí, pero quieres saber lo que esta... lo que significa para mí lo que tenemos. Acéptala con el mismo espíritu con el que se te regala.

Estaba claro que no iba a liberarla del colgante.

–Creo que es hora de que te vayas, Damien –le dolió incluso decirlo, pero sabía que tenía que hacerlo. Con aquel único gesto la había hecho sentirse sórdida y barata.

–¿A qué diablos viene eso?

–No me puedes comprar por unas semanas o unos meses de sexo hasta que te canses de mí y me dejes con... ¿con qué? ¿Con un regalo más grande y más caro a modo de despedida?

Damien se preguntó cuánto tiempo llevaría Violet imaginando el final de su relación y desde cuándo quería algo más. ¿Quería retenerle para cobrarle un rescate o de verdad quería que se fuera? Y si así era,

¿por qué seguía deseándole, como quedaba claro? No, aquello no tenía sentido.

Pero si quería algo más, si quería un pasaporte para un estilo de vida al que nunca podría haber accedido ni un millón de años, entonces, ¿tan inconcebible resultaba que se lo diera?

–No quiero comprarte –murmuró–. Quiero casarme contigo.

Capítulo 9

PERDONA? –Violet tenía un zumbido en los oídos. Pensó que tal vez no había escuchado bien.
–Dices que no puedes tener una relación si crees que no va a ir a ninguna parte. Y eso es curioso, teniendo en cuenta que nos embarcamos en esta relación sabiendo que no iba a ninguna parte.

–Yo no sabía que ese juego de pequeñas mentiras llevaría... llevaría a... –Violet estaba todavía pensando en lo que acababa de decirle. ¿De verdad le había pedido que se casara con él? ¿Se lo había imaginado todo? Desde luego, Damien no tenía el aspecto de un hombre completamente enamorado que acababa de pronunciar una proposición matrimonial.

–Yo tampoco. Pero así ha sucedido y aquí estamos. Lo que me lleva otra vez a mi proposición de matrimonio.

Así que no se lo había imaginado. Y, sin embargo, no había nada en su expresión que diera a entender que estaba hablando de algo importante. Tenía los ojos inescrutables, el bello rostro impávido. Por su parte, Violet sentía un ardor en la boca del estómago que salía hacia el exterior.

¿Matrimonio? ¿Con Damien Carver? El concepto resultaba demasiado increíble para ser cierto y al mismo tiempo también increíblemente seductor. Durante unos segundos mágicos, su mente saltó por encima de todos los problemas técnicos de aquella absurda e inesperada proposición. ¡Estaba enamorada del hombre que le había pedido que se casara con él! Cuando salía con su novio habían hablado alguna vez de matrimonio, pero Violet nunca había sentido aquella maravillosa oleada de pura felicidad.

Pero regresó a la realidad y Violet dejó atrás a regañadientes aquellas imágenes de final de cuento de hadas.

–¿Por qué quieres casarte conmigo?

–Me gusta lo que tenemos. Y me hago mayor. Sí, cuando empezamos con esta farsa no se me pasó por la imaginación la idea de sentar la cabeza aunque sabía que eso era lo que mi madre quería.

Violet no pudo evitar pensar que tal vez estuviera demasiado dolido por el rechazo que sufrió en el pasado como para volver a pasar por aquello.

–Pero ahora veo que tiene sentido.

–¿Sentido?

–Nos llevamos bien. Has encajado con mi familia. Te tienen cariño. Mi madre habla maravillas de ti. Dominic dice que eres una joya –se detuvo, pensó en Annalise con repugnancia y se preguntó cómo era posible que hubiera sido alguna vez tan ingenuo como para pensar que solo los idiotas veían la discapacidad como un desafío inaceptable.

Recordó cuánto le había dolido el insulto dirigido hacia su hermano, como si se lo hubieran dicho a él. Tal vez Annalise fuera atractiva e inteligente, pero ninguno de aquellos atributos incluían la capacidad para entender la vida. Su futuro, netamente trazado, no incluía ataduras de aquella naturaleza. A lo largo de los años, en las ocasiones en las que se había encontrado con ella, nunca le había mencionado a Dominic, pero siempre se las arreglaba para dejarle caer lo mucho que había madurado. El hecho de que Violet se hubiera encariñado de forma natural de su madre y de su hermano suponía mucho para él.

–¿Me has pedido que me case contigo porque me llevo bien con tu familia?

–Bueno... esa no es la historia completa. También está el sexo, que es increíble –observó con satisfacción cómo se le sonrojaban las mejillas.

–A ver si lo entiendo. Me has pedido que me case contigo porque tu familia me ha aceptado, porque nos llevamos bien y porque nos entendemos en la cama. Desde luego, no es la proposición matrimonial con la que soñaba de niña –mantuvo la voz pausada y firme.

Pero por dentro el corazón le latía con fuerza mientras asumía las implicaciones de su proposición. Aquello no se trataba de amor ni de atardeceres en la playa tomados de la mano sabiendo que eran almas gemelas destinadas a estar eternamente juntas. Era la proposición de un matrimonio de conveniencia.

–¿Y qué pasará cuando nos cansemos el uno del otro? El deseo no dura eternamente. Y cuando el amor no está en los cimientos, lo que quede cuando desaparezca la lujuria se convertirá en cenizas.

Cuando eso sucediera, ¿decidiría Damien que verse atrapado en un matrimonio sin amor no era tal vez la mejor opción? ¿Empezaría a buscar por otro lado? ¿Comprobaría si había más opciones disponibles? Por supuesto que lo haría, ¿y dónde la dejaría eso a ella? Más dolida que si dejaba la relación en aquel momento con el orgullo y la dignidad intactos.

–No me gusta hacer conjeturas –¿por qué no le había dicho simplemente que sí? Le estaba dando lo que cualquier otra mujer del planeta desearía. Lo sabía sin asomo de vergüenza. Tenía mucho que ofrecer y se lo estaba ofreciendo a ella, entonces, ¿a qué venía tanta vacilación y tantas preguntas? ¿Tendría que rellenar algún cuestionario para saber si había pasado la prueba?

–Ya lo sé, pero a veces es importante mirar hacia delante –insistió Violet con obstinación.

En cierto sentido, aquella proposición de matrimonio era el clavo del ataúd de su relación. Al menos en lo que a ella se refería. Aunque se hubiera preguntado en voz alta hacia dónde iban, en el fondo sabía que podría haberla convencido para que siguieran así. Y también sabía que en ese caso ella se habría agarrado a la creencia de que su amor era correspondido, que solo era una cuestión de tiempo. Habría permitido que la esperanza la impulsara hacia delante. Pero Damien le había propuesto una farsa de matrimonio, y ahora sabía perfectamente dónde estaba en lo que a él se refería.

Le gustaba a Damien, pero sobre todo lo que le gustaba era su cuerpo. Y el extraño añadido de que se llevaba bien con Eleanor y Dominic. Aunque la balanza estaba en equilibrio, Damien sin duda pensó que se inclinaba a favor de ponerle un anillo en el dedo.

–No es necesario mirar hacia delante –aseguró Damien. Pero una repentina mezcla de rabia y asombro estaba empezando a abrirse paso dentro de él–. Y no entiendo dónde lleva este examen.

–No puedo aceptar tu oferta –afirmó Violet con aspereza–. Lo siento.

–¿Disculpa?

–Tal vez tú creas que encajamos, pero yo no.

–¿Acaso no tenemos una química sexual impresionante? ¿No te excito hasta el punto de que tienes que rogarme que te tome?

–Esa no es la cuestión.

–Así que retomas la idea de buscar a tu alma gemela, ¿es eso?

–No tiene nada de malo pensar en encontrar al hombre adecuado cuando tengas pensado sentar la cabeza.

–¿Conoces las estadísticas de los divorcios? Uno de cada tres matrimonios. Por cada mujer de ojos brillantes que sueña con mecedoras en el porche al lado de su marido a los ochenta y cuatro años, te puedo presentar a cien que acaban de firmar los papeles del divorcio o están protestando por lo que tienen que pagarle al abogado. Por cada niño que viva con su padre y su madre te puedo presentar mil que se han convertido en nómadas y van de casa en casa.

Damien se pasó los dedos por el pelo con gesto frustrado. Violet había asegurado que quería más, y él había dado por hecho que ese «más» era con él. No se le había ocurrido que lo quisiera con otra persona. Y sin embargo ahí estaba ella, dejándole.

–Eso ya lo sé –dijo Violet apretando los labios. Por supuesto, cada argumento que Damien esgrimiera para intentar convencerla de que se casaran estaría basado en estadísticas. En ausencia de sentimientos reales, las estadísticas venían muy bien.

También era consciente de que el sexo no era más que una parte de los motivos que se ocultaban tras sus proposición. La enfermedad de Eleanor había hecho añicos el mundo complaciente del que Damien se había rodeado y le había obligado a replantearse su relación con su hermano y, por extensión, con su madre. Para él había sido fácil convencerse de que no tenía nada de raro cubrirles de dinero. No les faltaba de nada. Damien no se lo había dicho directamente, Violet había recopilado aquella información a través de comentarios de pasada y observaciones que le había hecho Eleanor. Sin embargo, como todo el mundo sabía, el dinero no era lo más importante en las relaciones, y Damien había conseguido reconstruir lo que había perdido gracias a ella. Violet lo sabía sin necesidad de que se lo dijeran.

No quería terminar siendo la mitad conveniente de una relación en la que no sería importante, ni tampoco era justo para Eleanor y para Dominic que ella terminara llevando la batuta y permitiendo que Damien regresara a su adicción al trabajo y llevara una vida en la que no había cabida para nadie, y mucho menos una esposa. Aunque se tratara de una esposa que deseara.

Y, sin embargo, al pensar en la perspectiva de despertar su lado todas las mañanas, de poder darse la vuelta y tocar su cuerpo cálido...

Cuando cerraba los ojos podía recordar la sensación de su boca recorriéndole todo el cuerpo, besándola y lamiéndola. Y una vocecita traicionera insistió dentro de su cabeza en decirle que podía tener aquello. El deseo podía durar mucho tiempo, ¿verdad? Podía durar para siempre. Podía convertirse en otra cosa, ¿no era así?

Y, sin embargo, Damien se había acercado a ella como alguien se acercaría a una ecuación matemática que hubiera que resolver. Y eso no estaba bien cuando se trataba de matrimonio.

Pero Violet tuvo que aspirar con fuerza el aire y esforzarse para no verse apartada. Sobre todo al tener a Damien allí sentado delante de ella, con las manos entrelazadas y el cuerpo inclinado hacia ella. Su rostro moreno y pecaminosamente bello provocaba todo tipo de pensamientos rebeldes en su interior.

–Pero –suspiró–, yo pertenezco a la minoría en la

que los matrimonios funcionan y los hijos están con su padre y con su madre. Deja de mirarme como si estuviera loca –Violet bajó la vista–. Algunos preferimos soñar a pensar que nunca vamos a alcanzar la felicidad.

–Nadie está hablando de ser feliz o de dejar de serlo –intervino Damien impaciente–. ¿De dónde has sacado esa idea? ¿Te he pedido que te cases conmigo con la cláusula de que no debes intentar ser feliz? –se preguntó por qué seguía insistiendo con aquello.

Violet le había rechazado y había llegado el momento de marcharse. Y, sin embargo, aunque sentía la dentellada del orgullo mordiéndole, algo le llevaba a quedarse. ¿Se debería a que era muy consciente de lo incómodo que iba a resultar contarles a su madre y a Dominic que habían roto? Eso tenía sentido. ¿Quién quería ser mensajero de malas noticias? Si se hubiera tratado de otra mujer, ya se habría marchado de allí. De hecho, no le habría pedido la mano.

–No somos apropiados el uno para el otro. Al menos no para una relación a largo plazo. Sí, puede que disfrutemos de... ya sabes, el lado físico de las cosas –el aquel momento, Violet experimentó una sensación de pérdida al pensar que la parte física de las cosas ya no estaría disponible. Ya no habría más excitación, sus cuerpos ya no volverían a fundirse en uno. Y sobre todo, ya no experimentaría la embriagadora emoción de saber que el hombre que amaba iba a entrar por la puerta y a estrecharla entre sus brazos. ¿Cómo era posible que no hubiera descubierto hasta ahora lo que había sido obvio desde el principio? Era mucho más que su cuerpo lo que deseaba verle. Damien había despertado una parte de ella que no sabía que existiera y eso tenía consecuencias. Violet no tenía una forma de ser capaz de separar sus diversas facetas y solo unirlas cuando resultaba conveniente.

Se había enamorado de él, pero Damien no podría nunca corresponderla en aquel sentimiento. Ninguna discusión sobre estadísticas de divorcio podría cambiar aquello.

–Te estás repitiendo. No creo que tenga mucho sentido que siga aquí escuchando lo mismo –Damien se puso de pie.

Una oleada de pánico atravesó a Violet con la fuerza de un tsunami.

–¡Sé que estás de acuerdo conmigo! –desesperada por tenerlo cerca un poco más de tiempo, Violet se levantó de golpe y lo agarró del brazo.

Damien bajó la vista hacia el brazo y lo miró con rabia.

–Los días de tocarse han terminado. ¿Te importa soltarme? –alzó una ceja con frialdad.

Violet retiró la mano al instante.

–Si nos casáramos terminaríamos teniendo una relación amarga y corrosiva –insistió ella juntando las manos nerviosa–. Siento haber dicho que.... creo que nos iría mucho mejor si seguimos como estamos.

Sabía que se estaba retractando de sus palabras, pero ante ella se abría un vacío que sabía que le resultaría imposible llenar. Era oscuro, infinito y aterrador. Así que, ¿y si seguían como hasta el momento? ¿Supondría acaso el fin del mundo? ¿No sería mejor que esto?

–Lo dudo –afirmó Damien con frialdad mientras recogía la chaqueta–. Me temo que esa ventana se ha cerrado ya.

Violet se lo quedó mirando en entumecido silencio mientras se acercaba a la puerta, dispuesto a marcharse.

–Le diré a mi madre este fin de semana que las cosas entre nosotros no han funcionado.

–Déjame que vaya contigo –Violet sintió cómo se le llenaron los ojos de lágrimas.

–¿Para qué?

–Me gustaría explicarle yo misma que... que...

–No hay nada que explicar, Violet. Las relaciones empiezan y terminan. Afortunadamente, mi madre se encuentra mejor. Será capaz de lidiar con la desilusión. No te preocupes.

Violet podía sentir cómo Damien se alejaba mentalmente de ella. No había pasado por el aro, y en la vida de Damien no había espacio para quienes no se ajustaban a sus deseos.

–¡Por supuesto que me preocupo! Les tengo mucho cariño a Eleanor y a Dominic.

Damien se encogió de hombros, como si aquello no fuera en realidad importante. Ya estaba casi en la puerta. ¿Dónde había dejado el colgante? No importaba. Quería decirle a Violet que podía considerarlo como un regalo de despedida, pero sabía que tendría que escuchar otro discurso sobre todas las cosas que, al parecer, el dinero no podía comprar. Apretó los dientes ante la incómoda certeza de que iba a echar de menos aquellos discursos suyos, que iban desde las maldades del dinero hasta la desgracia de lo que pensaban que era necesario para ser feliz. A Violet le gustaba hablar de todos los artículos carísimos que solo habían proporcionado desgracia a sus dueños. Era como si tuviera preparada una lista de gente famosa cuyas vidas no habían mejorado con la riqueza.

Aquello, unido al fantástico sexo, que había hecho evolucionar la farsa por un camino que le había pillado completamente por sorpresa, hacía que Damien fuera dolorosamente consciente de que tal vez sintiera por Violet algo más de lo que había esperado sentir.

–En ese caso –contestó con suprema indiferencia–, te aconsejo que vayas a ver a tu médico y le pidas que te prescriba pastillas para dormir.

–¿Cómo puedes ser tan poco empático? –Violet fue hacia él.

Pero antes que de pudiera reaccionar, Damien abrió la puerta y puso un pie fuera, como si estuviera deseando marcharse y dejarla atrás.

–No tiene sentido que te relaciones conmigo ni con mi familia a partir de ahora. Mi madre agradecerá no tener que vivir el post-mortem de la relación.

Y dicho aquello se marchó dando un portazo, un gesto que resultó tan definitivo como la caída de la hoja de una guillotina.

Al quedarse sola, Violet fue consciente de lo solitaria que estaba la casa sin la inquietante y excitante presencia de Damien. Recogió la cocina con movimientos cansados, pero no podía dejar de pensar en él. Le había arrinconado y no tenía sentido preguntarse si había hecho bien o mal. No se podía fantasear con la esperanza de que las cosas cambiaran.

Pero tampoco podía dejar de pensar en Damien con la facilidad que le hubiera gustado. Ya no disfrutaba tanto del trabajo en el colegio porque estaba demasiado ocupada deseando verle. Ya no atesoraba anécdotas para luego contárselas. Se pasó toda la semana siguiente con la sensación de estar aislada, envuelta de tal modo en algo tan grueso que el mundo exterior parecía estar muy lejos de ella. Escuchaba a la gente reírse y charlar, pero todo estaba como sumido en una neblina. Cuando Phillipa la llamó por teléfono para contarle que Andy y ella iban a casarse a finales de año en la playa y que quería que Violet fuera para ayudarla a escoger un vestido, o un pareo adecuado, ella se escuchó decir las palabras correctas, pero tenía la mente nublada, no le funcionaba como debía, era como si la hubieran sedado.

Se preguntó varias veces si debía llamar a Eleanor. Pero, ¿tendría Damien razón? ¿No preferiría su madre aceptar la ruptura sin tener que mantener una larga conversación al respecto? Además, ¿qué podría decirle? No sabía qué le habría contado Damien. Tal vez le había dicho que la culpa era de ella, que había resultado ser una cazafortunas. Damien podía haberle contado lo que hubiera querido en la seguridad de que nadie le iba a llevar la contraria.

Y, sin embargo, Violet no podía evitar pensar que Damien sería completamente justo. Aquello iba contra toda lógica, teniendo en cuenta el modo en que había empezado su relación. La había chantajeado para que hiciera lo que él quería. ¿Desde cuándo se había convertido en el bueno? Había comenzado una relación sexual con ella por el mero hecho de que constituía un cambio en la relación con el tipo de mujeres con las que solía salir, pero no tenía nada que ofrecerle aparte de una consumada habilidad en la cama. Entonces, ¿cómo se las había arreglado para enamorarse de él? Frente a todos los fallos de su personalidad, la rebelde mente de Violet insistía en señalar todas sus cosas buenas: la inteligencia, sus esfuerzos sinceros por hacer lo correcto con su familia, su sentido del humor.

No tuvo que tomar la decisión de llamar o no a Eleanor, porque una semana y media después de que Damien se hubiera marchado de su casa, Eleanor la llamó.

Sonaba bien. Sí, todo estaba saliendo como debía. El diagnóstico era bueno...

–Pero mi hijo me ha contado que habéis decidido daros un tiempo.

Así que aquel era el modo en que lo había expresado. Era muy inteligente, porque dejaba abierta la posibilidad de que la ruptura no fuera permanente. La desilusión de su madre se dividiría en pequeñas fases.

–Eh... sí, ese es el plan.

–Tengo que reconocer que me sorprendió mucho cuando Damien me lo contó.

–Siento no haber estado allí para darte la noticia, Eleanor –se apresuró a decir Violet–. Yo...

–Nunca he visto a Damien tan relajado y tan feliz –continuó Eleanor ignorando su interrupción–. Era un hombre distinto. Siempre me ha preocupado lo mucho que trabaja, pero tú debiste hacer algo maravilloso con él, querida, porque por fin parece que ha puesto las prioridades en orden. Ahora no solo tiene tiempo para mí, sino también para su hermano.

–Eso es... maravilloso.

–Por eso me ha sorprendido que de pronto hayáis decidido daros un tiempo, sobre todo después de ver lo mucho que os queréis...

–No, no es así... Damien no... él... bueno...

–Estás tartamudeando, querida –le dijo Eleanor con dulzura–. Tómate tu tiempo. Amas a mí hijo. Lo sé. Las mujeres sabemos esas cosas. Sobre todo las mujeres mayores como yo.

Violet guardó silencio durante un breve instante. ¿Qué podía decir a aquello? Aunque Eleanor estuviera al otro lado del teléfono, tenía la sensación de que la otra mujer estaba mirándole directamente el corazón.

–Tú no eres mayor –dijo finalmente–. Y me alegro muchísimo de que el tratamiento esté yendo bien.

–¿Es esa tu manera de cambiar de tema? –se burló

Eleanor con ironía–. Querida, me encantaría que pudiéramos sentarnos a hablar de esto cara a cara. Oírlo de labios de Damien... bueno, ya sabes cómo son los hombres. Mi hijo puede llegar a ser muy cerrado a la hora de expresar emociones.

–Eso es verdad...

–Entonces, ¿por qué no te pasas esta noche por su casa, digamos sobre las ocho? Así podemos charlar.

Violet se dio cuenta de que Eleanor había dado con su talón de Aquiles. Lo único que quería era intentar olvidarse de Damien, y pasar a hacerle una visita era lo último que deseaba hacer. Pero sentía un gran cariño por Eleanor, y a pesar de que su salud había mejorado mucho, no quería estresarla.

También se sentía culpable por no haber hablado con ella hasta ahora.

–¿Estás en Londres?

–De visita rápida. Un chequeo médico. Tengo que irme, querida, te veré dentro de un rato, ¿de acuerdo? ¡No sabes las ganas que tengo! No creas que voy a dejar que te marches de mi vida tan fácilmente.

Aquellos dos, pensó Eleanor satisfecha mientras regresaba a Devon mirando por la ventanilla del coche conducido por un chófer, necesitaban sentarse y hablar. Se negaba a creer que lo que hubiera ocurrido entre ellos no pudiera solucionarse con una conversación sincera. ¿Y quién mejor que ella para preparar aquel encuentro? Si después seguían pensando que lo suyo había terminado, adelante. Pero Damien había sido tan parco en detalles, tan alarmantemente evasivo... y los hombres normalmente no reconocían qué era lo mejor para ellos.

Violet se quedó con el teléfono en la mano sin saber qué pensar. Por ejemplo, ¿iba a estar Damien presente? ¿Sería una incómoda conversación a tres bandas en la que los dos tratarían desesperadamente de deshacer lo que tan cuidadosamente habían tejido al principio?

Dio por hecho que no. Pensó que Eleanor la había invitado para que hablaran a solas. No sabía qué le iba a decir a la otra mujer. Tendría que hablar con vaguedades. Sintió la tentación de marcar el número de Damien y preguntarle qué le había contado a su madre, pero tuvo la sensación de que podría desmayarse si escuchaba su voz sexy y ronca al otro lado de la línea.

Varias horas más tarde, Violet estuvo frente al imponente edificio de estilo georgiano que había sido reconvertido en apartamentos y en enormes pisos, como era el caso del de Damien. Tuvo que contenerse para no sufrir un ataque de nervios.

Solo había estado allí unas cuantas veces, pero recordaba la casa con claridad. El exquisito vestíbulo con sus suelos de cerámica, las enormes habitaciones de suelo de parqué. Todo lo que había dentro de aquellas paredes tan caras era de la máxima calidad y de última generación. No había nada de chatarra. Siempre le había parecido que a la casa de Damien le faltaba calor de hogar. Ahora, al detenerse frente a la imponente puerta negra de entrada, tuvo que aspirar varias veces el aire para calmar los nervios, aunque estaba casi completamente segura de que no estaría en casa. Una breve y amigable charla con Eleanor y se marcharía.

Pulsó el timbre y se dispuso a esperar porque estaba segura de que Eleanor no se desplazaría a la velocidad del rayo para ir a abrirle.

Había hecho un día precioso que había desembocado en una noche fresca pero agradable. En aquella zona tan cara de Londres había pocos coches y todavía menos peatones. Violet estaba mirando a una joven cruzar la calle con su perro cuando se abrió la puerta a su espalda.

El saludo murió en sus labios. Durante unos segundos sintió que el corazón se le aceleraba. Damien ocupaba el umbral de la puerta. Llevaba unos vaqueros desteñidos que se le ajustaban a las largas y musculosas piernas y una camiseta blanca que le marcaba las líneas del cuerpo. A Violet se le secó la boca.

–¿Qué estás haciendo aquí? –le preguntó ella.

–Es mi casa. Y qué curioso, yo estaba a punto de preguntarte a ti lo mismo –Damien había dado un medio paso hacia delante, entrecerrando la puerta a su espalda y bloqueando la luz del vestíbulo.

–He venido a ver a tu madre –Violet solo deseaba quedarse mirándolo. Pero bajó la vista y se miró los zapatos, unas bailarinas cómodas que iban bien con los vaqueros ajustados. Había dejado de vestirse para ocultarse. Era uno de los muchos legados de Damien, la confianza en sí misma.

–¿Y por qué quieres verla? –Damien se apoyó con gesto indolente en el quicio de la puerta y se cruzó de brazos.

La miraba con ojos entornados. Tenía los nervios de punta y estaba enfadado consigo mismo por haber perdido el control. No había nada más que decir respecto a su «no existente» relación. Le había ofrecido matrimonio. Violet le había tirado la proposición a la cara y él no era de los que daban segundas oportunidades.

Se preguntó por qué habría venido. ¿Se lo habría pensado mejor? ¿Habría pensado en todas las ventajas que casarse con él podría ofrecerle? Curvó los labios con gesto despectivo.

–Porque tu madre me llamó por teléfono y me pidió que viniera –murmuró Violet apretando los puños.

Así que ni siquiera tenía la cortesía de pedirle que entrara. Prefería mantener una conversación hostil en la puerta.

–Invéntate otra excusa, Violet. Mi madre se ha marchado a Devon hace unas horas. No intentes engañarme, no he nacido ayer. Sé lo que estás haciendo aquí.

Violet abrió la boca y se lo quedó mirando sin dar crédito. Al mismo tiempo, empezó a ser consciente de que Eleanor le había hecho ir a aquella casa... ¿con qué propósito? ¿Pretendía acaso que se produjera una reconciliación? Si supiera la verdad de su relación...

–Y ya puedes olvidarte de ello.

–¿Olvidarme de qué?

–Del plan que hayas pensado para aparecer aquí sin avisar y retomarlo donde lo dejamos.

–¡Yo no pretendo hacer nada parecido! –jadeó Violet.

–¿Esperas que me lo crea? Te has vestido con la ropa más ajustada posible para sacar el máximo partido de tus encantos –Damien la recordó con aquel vestido tan poco agraciado que llevaba la primera vez que entró en su despacho.

–¡No seas ridículo! Tu madre me pidió que viniera. Dijo que quería charlar conmigo y yo me sentí culpable porque tendría que haberla llamado. Tendría que haberme puesto en contacto con ella.

Damien estaba llegando rápidamente a la misma conclusión a la que había llegado Violet unos segundos atrás. No había ido allí para llevarle a la cama. Naturalmente, él la habría rechazado, pero no antes de sentir la inmensa satisfacción de verla rogar pidiendo una segunda oportunidad.

–Eres imposible –Violet no podía creer que la estuviera acusando de aquello–. Tienes un ego como una casa si crees que he venido aquí para... para intentarlo contigo. ¡Eres el hombre más arrogante que he conocido en mi vida!

Entonces Violet escuchó una voz detrás de él, la voz de una mujer. Tenía un tono cálido y mimoso. Se quedó paralizada durante unos segundos y luego abrió los ojos de par en par cuando la dueña de la voz se presentó ante sus ojos.

¿Cómo podía Damien haberla acusado de llevar ropa ajustada? La morena de piernas largas y el pelo corto llevaba unos vaqueros blancos que parecían su segunda piel, y una camiseta corta y pegada que dejaba muy poco a la imaginación. Era delgada como un junco. Violet se limitó a quedarse mirando cómo la mujer le pasaba a Damien el brazo por el suyo.

–¿No vas a presentarnos, cariño? Aunque supongo que no hace falta. Tú debes ser Violet –sus ojos azul pálido parecían de hielo cuando extendió la mano para saludarla–. Soy Annalise.

Capítulo 10

LLOVÍA cuando Violet regresó a su casa. Una lluvia fina que apenas se notaba. Tomó el metro y el autobús con el piloto automático puesto. No podía pensar con claridad y el corazón le latía como una locomotora dentro del pecho, dificultándole la respiración.

Quería bloquear las imágenes de Damien con Annalise. Trató de decirse que no importaba, que era un hombre libre y que podía hacer lo que quisiera con quien quisiera. Desgraciadamente, la lógica no servía para superar la tristeza que sentía ni las dolorosas preguntas que le surgían.

Había vuelto con su ex, con la única mujer que no había conseguido olvidar, la única mujer con la que había querido comprometerse plenamente y sin reservas y sin una lista de las razones lógicas por las que la pareja funcionaría. No había tardado mucho en volver a conectar con ella. ¿Sería porque el rechazo a su propuesta le había llevado a poner las cosas en perspectiva, a darse cuenta de que el matrimonio era algo más que una lista de pros y contras? ¿Le habría llevado eso a ir en busca de Annalise? ¿Habría servido para recordarle que, en su mundo cuidadosamente controlado, había una mujer que había roto las ataduras y necesitaba encontrarla para decírselo? Desde luego, parecían estar muy a gusto el uno con el otro.

Y Annalise era mucho más su estilo que ella. Era alta, delgada, guapa. Y no parecía tampoco el típico bombón vacío. No, tenía el aspecto de una belleza auténtica con cerebro.

Violet no fue capaz de mirarse al espejo cuando entró en el cuarto de baño antes de meterse en la cama. No quería ver las diferencias entre ella y la ex de Damien. Se acostó y trató de leer, pero se dio cuenta de que se había quedado dormida cuando se despertó debido a dos cosas.

La primera fue el sonido de la lluvia. Había pasado de ser un chirimiri constante a convertirse en un aguacero salvaje que azotaba las ventanas. Había dejado una de las ventanas entreabiertas, y la cortina se agitaba furiosamente con la fuerza del viento. Cuando se levantó a cerrarla se dio cuenta de que la cómoda que había debajo estaba mojada, pero no tenía intención de hacer nada al respecto en aquel momento.

Porque además del aullido del viento y de la lluvia, escuchó cómo llamaban a la puerta de entrada de su casa.

Fuera, chorreando, estaba Damien maldiciendo el tiempo inglés. Entre las ocho, cuando abrió la puerta y se encontró con Violet, y la medianoche, que fue cuando por fin logró librarse de Annalise, la lluvia había arreciado. Ahora eran poco más de las tres y media, y lo único que podía decir a favor de su idea de meterse en el coche e ir hasta allí era que no había tráfico en las calles.

Vio que se encendía una de las luces de la casa y suspiró aliviado. No quería quedarse allí fuera lo que faltaba de noche, aunque lo haría si Violet no abría la puerta.

Violet se había puesto la bata para ver quién estaba

en la puerta. Lo primero que pensó cuando escuchó los golpes fue que alguien estaba tratando de entrar, pero al instante se dio cuenta de que era una suposición ridícula. ¿Qué ladrón anunciaría su presencia dando golpes a la puerta?

Entonces, ¿se trataría de alguien que necesitaba ayuda? Conocía a sus vecinos. La anciana de la casa de al lado era bastante frágil. ¿Tendría algún problema? Mientras corría escaleras abajo encendiendo luces podía sentir cómo le latía el corazón con fuerza. Por supuesto, podía tratarse de otra persona, pero prefería no pensar en la posibilidad de que pudiera tratarse de Damien.

Retiró la cadena del seguro de la puerta y cuando la entreabrió supo al instante que el último hombre que esperaba ver estaba allí fuera. El viento le levantaba la gabardina en todas direcciones. Estaba completamente empapado.

–¿Qué quieres? –preguntó Violet atándose el cinturón de la bata–. ¿Qué estás haciendo aquí?

–Déjame pasar, Violet.

–¿Dónde está tu novia, Damien? ¿Te está esperando en el coche? –le dio rabia mencionar a Annalise, pero estaba en un punto en el que ya no le importaba realmente.

–Déjame pasar.

–No sé por qué has venido, pero no quiero verte.

–Por favor. Tengo algo que decirte.

Aquella única palabra detuvo a Violet sobre sus pasos. Damien no había intentado pasar al recibidor. Seguía en el umbral empapándose y mirándola fijamente.

–¿Qué quieres decirme, Damien? Fui a ver a tu madre. No fui a intentar recuperar lo que teníamos. Estás fuera de mi vida, y si me quedé un poco... un poco desconcertada fue porque no esperaba tener que encontrarme con tu novia. Eres muy rápido, Damien.

–Ex. Exnovia. Por favor, Violet, déjame pasar. No voy a entrar a la fuerza en tu casa, y si tú me dices que no quieres volver a verme, me iré.

Decirle que se fuera y no volver a verle nunca más. Por supuesto, eso sería lo mejor. No tenían nada que decirse el uno al otro. Pero la cabeza se le agarrotaba al pensar en que desapareciera de su vida bajo la lluvia para siempre sin decirle lo que le había ido a decir.

–Es tarde –Violet se echó a un lado y se cruzó de brazos mientras Damien entraba y se quitaba la gabardina.

Tenía el pelo pegado y se pasó los dedos por él, desperdigando gotas de agua.

–Tal vez podrías dejarme una toalla...

–Supongo que sí –murmuró Violet con cierta brusquedad.

Regresó unos minutos más tarde y lo encontró en el mismo punto del recibidor. ¿Dónde estaba el hombre que no vacilaba en sentirse como en su casa y que entraba en la cocina directamente a prepararse un café?

Le observó en silencio mientras él se secaba con movimientos ásperos. No hizo amago de quitarse el suéter mojado, y Violet resistió la tentación de decirle que se lo quitara para que no se enfriara.

–Siento que hayas tenido que encontrarte con Analise en mi casa –afirmó él con tono grave.

Violet rompió el contacto visual y se dirigió a la cocina. Tal vez Damien se sintiera cómodo manteniendo una conversación que ninguno de los dos quería tener en el recibidor, pero ella necesitaba sentarse y tener algo entre las manos. Fue consciente de que la seguía. Aunque fueran más de las tres de la mañana, tenía todos los sentidos en alerta.

–Ha sido algo inesperado, eso es todo –Violet empezó a revolver el hervidor, las tazas y las cucharillas dándole la espalda porque no quería que viera reflejado en su rostro lo que se le pasaba por la mente–. Como te he dicho...

–Lo sé. Mi madre te llevó allí engañada. He hablado con ella. Pensó que nos vendría bien un poco de ayuda casamentera...

–¿Y le has contado lo de Annalise?

–No. No hay nada que contar de Annalise.

No sabía qué le había llevado a abrirle la puerta la noche anterior cuando se presentó allí. Le había abierto la puerta y la había invitado a pasar. Estaba al tanto de lo de Violet. La amiga de una amiga de una amiga les había visto juntos en un restaurante. Corrían rumores y ella tenía curiosidad. Damien podía hablar con ella. Después de todo, tenían un pasado en común. Estaban conectados, ¿verdad?

En aquel momento, Damien supo que tendría que haberle acompañado a la puerta. Era muy distinto toparse con ella de vez en cuando en algún evento, pero dejarla entrar en su casa no había sido una buena idea.

Y, sin embargo, una parte de él se había preguntado si debería volver a permitirle acceso a Annalise en su vida. Violet se había marchado y él no sabía que hacer con el caos que había dejado en sus emociones. Una parte de él se preguntó amargamente si Annalise no sería mejor opción, porque nunca ejercería un control tan grande como Violet sobre él.

La dejó entrar, y las dudas desaparecieron a la misma velocidad a la que habían surgido.

–¿Qué quieres decir? –Violet agarró la taza de café en las manos y se dirigió al salón.

No le había ofrecido a él nada de tomar. Era una forma de darle a entender que le había permitido pasar obligada únicamente por las circunstancias.

Se sentó y cuando alzó la vista para mirarlo lo encontró en la puerta.

–Puedes sentarte si quieres, Damien. Pero estoy cansada y no tengo ganas de charlar.

–Lo sé –Damien se quitó el suéter empapado y lo colocó cuidadosamente sobre uno de los radiadores. Luego se acercó a la ventana, abrió un poco las cortinas y miró hacia la lluviosa noche.

–Yo no la invité –dijo finalmente–. Se presentó en mi casa.

–En cualquier caso, no es asunto mío.

–Todo lo que yo haga debería ser asunto tuyo –murmuró Damien–. Al menos eso es lo que a mí me gustaría.

–No entiendo lo que estás diciendo –aseguró Violet con recelo. No podía apartar los ojos de él. Resultaba todavía más atractivo en aquel estado vulnerable. Era una parte de él que nunca había visto y la atraía.

Damien dio vueltas por el salón con una mano en el bolsillo del pantalón y la otra revolviéndose el pelo antes de detenerse justo delante de ella, obligándola a mirarlo.

–¿Te importaría sentarte? Me duele el cuello de levantar la cabeza para mirarte.

–Necesito que te sientes a mi lado –le dijo Damien con aspereza–. Tengo que decirte una serie de cosas y necesito que estés a mi lado cuando las diga –tomó asiento en el sofá y dio una palmadita en el cojín de al lado del suyo–. Por favor, Violet –sonrió–. Apuesto a que nunca me habías oído decir «por favor» tantas veces.

–No puedo hacer esto. Solo dime a qué has venido. No tenías por qué hacerlo. Ya sé que teníamos... algo. Seguramente te sientes obligado a darme explicaciones. Bien, pues no es necesario. Habíamos terminado y volviste con el amor de tu vida –Violet se encogió de hombros.

El espacio vacío del sofá le estaba pidiendo a gritos que lo ocupara, pero no estaba dispuesta a dejarse llevar por aquella peligrosa tentación.

–Te he dicho que Annalise es mi ex. Lo sigue siendo. Mira, no puedo hablar contigo si estás al otro lado de la habitación –Damien se pasó los dedos por el pelo y se dio cuenta de que estaba temblando.

Violet se acercó a regañadientes al sofá. Salvar aquella pequeña distancia entre ellos provocó que se le formara un nudo en el estómago.

–En el pasado creí estar enamorado de Annalise –afirmó Damien–. Yo era joven, y ella era guapa, inteligente... cumplía todos los requisitos. Fue un romance apasionado, como los de las novelas, y le pedí que se casara conmigo.

–No hace falta que me cuentes esto –intervino Violet tensa. Y, sin embargo, quería saberlo todo.

–Sí hace falta, y quiero hacerlo. Nunca le he contado a nadie los detalles de mi relación con ella.

–No me sorprende. Te lo guardas todo dentro.

–Tienes razón. Por eso nadie sabe lo que de verdad fue Annalise para mí.

Y estaba a punto de contárselo a ella. Violet sintió que los ojos se le llenaban de lágrimas de frustración y rabia. Entrelazó los dedos en el regazo y le sorprendió ver que Damien se los desenredaba para poder jugar distraídamente con ellos.

No era más que un leve roce, pero bastó para que su cuerpo se encendiera.

–Annalise me dejó porque no podía soportar la idea de cargar en un futuro con un cuñado discapacitado.

–¿Cómo? –aquello no era lo que Violet esperaba oír. Se inclinó hacia delante para captar lo que estaba diciendo.

–Conoció a Dominic y supe al instante que ella no podría lidiar con su condición. Para Annalise todo tenía que ser perfecto, y Dominic no era perfecto. Ella sabía que en algún momento yo tendría que responsabilizarme de él. Se lo imaginó viviendo con nosotros, teniendo que incorporarle al mundo perfecto en el que deseaba vivir.

–Eso es horrible –Violet extendió la mano y se la puso en el brazo. Sintió cómo se estremecía.

–En aquel momento supe que no volvería a situarme en una posición de vulnerabilidad. Disfrutaba de las mujeres, pero las mantenía a distancia y me aseguraba de que no cruzaran la raya. Y para no tener la tentación de olvidar, me aseguré de no borrar completamente a Annalise de mi vida.

–Y, sin embargo, anoche estaba en tu casa...

–Tú me habías rechazado. Te pedí que te casaras conmigo y me rechazaste.

«¡Porque tú no puedes amarme!» A pesar de todo lo que le había dicho, Damien seguía sin amarla. Solo le estaba explicando por qué no podía. Más le valía a ella no olvidarlo y no dejarse llevar por sus confidencias.

–Cuando Annalise apareció en la puerta de mi casa, la dejé entrar porque no estaba siendo yo mismo. No, eso tampoco lo explica. Estaba fuera de mí. Lo estoy desde que rompimos. Me dije a mí mismo que así era mejor, que podía seguir tu camino y darte cuenta por ti misma que no existe el alma gemela perfecta, pero no he sido capaz de pensar con claridad, de actuar... me molestaba que aunque no estuvieras ya cerca de mí siguieras controlándome.

A Violet le estaba resultando imposible filtrar las cosas que le estaba diciendo.

–Me avergüenza reconocer que durante un instante pensé que ya que Annalise era alguien conocido, quién sabía sí... por supuesto, fue una aberración pasajera. Me libré de ella lo más rápidamente que pude y esperé a que volviera la normalidad. No volvió.

–Y entonces viniste aquí para decirme... ¿qué exactamente? –Violet apretó los labios, pero había empezado a sudar.

Trató de ignorar el modo en que Damien seguía jugueteando distraídamente con sus dedos y el modo en que sus cuerpos se acercaban el uno al otro, irradiando un calor enfebrecido. El aroma de Damien le inundaba los sentidos. Antes le consideraba increíblemente atractivo. Tras haberse acostado con él y conocer los contornos de su cuerpo duro y esbelto, el cuerpo que había acariciado en tantas ocasiones con las manos y con la boca, le resultaba dolorosamente irresistible.

–He venido para decirte que te pedí que te casaras conmigo porque... me parecía lo lógico –Damien retiró la mano y se alborotó el pelo–. No pensé que tal vez necesitara que estuvieras en mi vida por motivos que no cabían dentro de la lógica. Que no se trataba solo de sexo.

–Entonces, ¿de qué se trata?

–Estoy enamorado de ti. No sé ni cómo ni cuándo sucedió, pero...

–Dilo otra vez.

–¿Qué parte?

–La parte de que estás enamorado de mí –una sensación de estar en la cima del mundo, de felicidad pura, la atravesó como una bocanada de oxígeno. Se sentía embriagada y eufórica al mismo tiempo–. No me lo habías dicho –lo acusó. Pero se ría y lloraba al mismo tiempo–. ¿Por qué no me lo dijiste?

–No lo supe hasta que te marchaste.

Violet se lanzó a sus brazos y suspiró de pura felicidad cuando la estrechó entre ellos con fuerza, con tanta fuerza que podía escuchar el latido de su corazón.

–Fuiste muy arrogante –le dijo–. Me obligaste a participar en un acuerdo que no me gustaba. Rompiste todas las normas en lo que se refiere a la clase de hombre que podría interesarme. No querías una relación a largo plazo y nunca me han gustado los hombres que van de mujer en mujer. Y además, estaba convencida de que seguías enamorado de Annalise, que no podías olvidarla. Eras un tabú en todos los frentes, y entonces conocí a tu familia y me sentí unida a vosotros. A todos. Era como estar sumida en arenas movedizas. Cuando te declaraste, cuando expusiste todas las razones por las que casarse conmigo era conveniente, por fin me di cuenta de que la única razón por la que dos personas deberían casarse no estaba en la lista. Tú no me amabas. Pensé que no sabías lo que era amar y nunca lo aprenderías, así que no podía aceptar la oferta sabiendo que la balanza estaba tan desequilibrada. Yo sería siempre la dependiente, la enamorada, la que estaría esperando el momento en que te cansaras físicamente de mí y se rompiera el eje.

–¿Y ahora?

–¡Ahora soy la persona más feliz del mundo!

–Entonces, si te vuelvo a pedir que te cases conmigo, esta vez por las razones adecuadas...

–¡Sí! ¡Sí!

Damien se estremeció aliviado. Sentía como si hubiera estado reteniendo la respiración desde que entró en la casa. La estrechó entre sus brazos y aspiró el aroma a flores de su cabello.

–Tú también me haces la persona más feliz del mundo –Damien se rio entre dientes–. Y creo que mi madre y Dominic estarán encantados.

Epílogo

LO ESTABAN. Así lo demostraron cuando Damien y Violet aparecieron al día siguiente, sorprendiéndolos.

–Por supuesto –afirmó Eleanor con suficiencia–, sabía que solo era cuestión de que volvierais a veros para que pudierais solucionar vuestras tontas diferencias. Damien, cariño, te quiero mucho, pero a veces puedes llegar a ser muy obstinado, y no podía permitir que se te escapara entre los dedos lo mejor que te ha pasado nunca. Y ahora vamos a hablar de la boda. ¿Queréis algo a lo grande o una ceremonia más íntima y discreta?

–Algo rápido –fue la respuesta de Damien.

Se casaron seis semanas más tarde en la iglesia del pueblo, que estaba cerca de casa de Eleanor. Dominic fue el padrino y llevó a cabo su desempeño con una solemnidad conmovedora. Más tarde, en la pequeña celebración que se llevó a cabo en la casa, le pidieron que hablara y, rojo como un tomate, alzó su copa por el mejor hermano que pódía tener un hombre.

Phillipa no dejó de bromear con su hermana diciéndole que se las había arreglado para llegar al altar antes que ella.

–Y seguramente estarás embarazada cuando yo pronuncie mis votos con mi pareo blanco –aseguró.

Y eso fue exactamente lo que sucedió.

En un día caluroso, viendo a su hermana y a sus nuevos amigos, arrullada por el sonido de las olas que competía con la música del grupo que tocaba la marcha nupcial mientras Phillipa pronunciaba sus votos, Violet se apoyó en su marido con la mano en el vientre y se preguntó si sería posible ser más feliz.

Después de tan extraño principio, aquella relación en la que ella nunca creyó había florecido para convertirse en algo sin lo que no podría vivir, y el hombre con el que no había querido implicarse había resultado ser el hombre que le decía con frecuencia cuánto la amaba y cuánto odiaba tener que separarse de ella.

–Estoy empezando a asumir el valor de saber delegar –le confesó con cierta punzada de culpabilidad–. Así que cuando nazca mi hijo...

–O tu hija.

–O mi hija, tengo pensado explorar todavía más ese valor.

Pensar en qué otras cosas podrían explorar provocó que a Violet se le sonrojaran las mejillas y, como si le hubiera leído el pensamiento, Damien se inclinó hacia delante y le susurró al oído:

–De acuerdo. La ceremonia ha terminado. ¿Qué te parece si nos quedamos a la comida y luego volvemos al hotel? Creo que necesito recordar el sabor de tus pezones. Empiezo a tener síndrome de abstinencia.

Violet se sonrojó, se rio y lo miró.

–Eso sería de mala educación –afirmó.

Pero ya tenía la cabeza puesta en el modo en que su cuerpo gestante fascinaba a Damien, cómo centraba la atención en sus senos, ahora todavía más abundantes, y en cómo le succionaba los pezones, que estaban más grandes y oscuros y llamaban la atención en cuanto se quitaba la ropa. Sintió una oleada de calor húmedo entre las piernas cuando pensó en ellos tumbados en el esplendor de su enorme cama con dosel y aire acondicionado.

–Pero estoy segura de que Phillipa lo entenderá –dijo finalmente dándole un beso en la comisura de la boca–. Después de todo, las mujeres embarazada no podemos permanecer mucho tiempo al calor...